七つの奇跡

Seven miracles

フルマラソンへの挑戦

城之内信吾
Shingo Jhounouchi

ゆいぽおと

七つの奇跡

フルマラソンへの挑戦

城之内信吾

はじめに

二〇〇九年三月二十二日。
東京マラソン２００９。
私は今、夢の舞台のスタートラインに立っている。
とうてい不可能と思っていたフルマラソン完走。
その途方もなく大きな目標に向かって、力強く一歩踏み出そうとしている。
夢のゴールをイメージしながら……。

フルマラソン完走。
それは一般的に考えて、非常に大きなチャレンジです。そして、世の中は空前のマラソンブーム。健康のために走る方から本格的に走り込んでいるランナーまで、同じランナーでもその目標は様々。目的は多くありますが、どのランナーもランニングを楽しんでいるのは確かでしょう。秋から春のマラソンシーズンには、毎週のように全国で大会が開催されています。そして、その多くの大会で、前年を上回る参加者が集まっているようです。

マラソンの魅力はたくさんありますが、まずは非常に手軽であること。最低シューズさえ揃えれば始めることができるのは大きな魅力。そして、自分の限界に容易に出合えるのも魅力の一つです。限界を感じるのは自分であり、限界を超えていくのも自分自身。とりわけ完走してゴールゲートをくぐったときの達成感はたまりません。これは、味わった方でなければわからないでしょう。私もそんなマラソンの魅力に魅せられた一般ランナーの一人なのです。

ある部分を除けば……。

私がマラソンにチャレンジし始めたのは二〇〇五年の夏、不思議な縁がきっかけでした。もともと私はマラソンを含む陸上競技が得意だったわけではなく、むしろ興味のない分野だったといえます。人との縁とは不思議なもので、そんな私が何かに導かれるようにしてマラソンと出合っていったのです。しかし、私がマラソンにチャレンジすることになった大きな原因と理由は、また別にあります。それは私にとって非常に大きな出来事であり、私自身の人生を根本的に変えたといっても過言ではありません。

今から十四年前まで、さらに時間はさかのぼります。

私が二十六歳だった一九九六年十二月八日。

すべてはここから始まったのです……。

七つの奇跡　フルマラソンへの挑戦　もくじ

第二章　奇跡の生還

第三章　苦悩と迷いの日々

第四章　フルマラソンへの道

装画　照喜名隆充
装丁　三矢千穂

第一章　レースの世界へ

オートバイとの出合い

一九八六年秋、高校生だった私は、サッカーに明け暮れる毎日を送っていた。当時国内のサッカー人気は低く、プロリーグ（後のJリーグ）も存在していなかった。しかし、世界に目を向けると、ワールドカップではアルゼンチン代表のマラドーナ選手が大活躍していて、憧れともいえるスーパースターがテレビに登場すると、私は釘付けになっていた。そんな学生時代のある日、同級生に「オートバイの免許取ろう」と誘われた。当時オートバイにまったく興味のなかった私は、同級生の誘いに何となく同調し原付免許を取りに行った。すべてはここから始まったといえる。

かくして私は、生まれて初めて原付免許を手にした。しかし、免許を取ってからも特にオートバイを買うわけでもなく（お金もないし）、オートバイにかかわることはなかった。当時の母校は免許取得ＯＫだったため、クラスメイトのほとんどは原付免許を取りに行っていた。そんな背景もあり、私は何となく免許を取得したわけである。私を誘った同級生も、二月の十六歳の誕生日が来ると同時に免許を取得した。

彼の名は箕浦信彦。

彼は今後も幾度となく登場する人物なのだが、今も付き合いのある高校からの大親友である。箕浦は私と違いオートバイにすごく興味を持っていたので、免許を取得すると同時にオートバイも購入した。彼は日頃はおとなしい性格なのだが、オートバイの話になると様相が一変、熱く語り始めるオートバイが大好きな高校生だった。彼がオートバイに乗り始めたころ、少しずつ私にも興味が湧いてきた。しかし、私はオートバイを持っていない。そこで、ある日、私は姉のスクーターにこっそり乗ってみた。

第一印象は案外面白い！　それまで自分が知っていた乗り物は自転車だけ。オートバイは右手をひねるだけで走る（当たり前？）のに感動したのを、今でも鮮明に覚えている。その日を境に、姉のスクーターにこっそり乗る回数が増えていった。

姉のスクーターを乗り回し始めると、私は箕浦と森君（彼もまた何度も登場する高校からの大親友）の三人で行動を共にすることが多くなった。私たち三人組はオートバイという共通点で仲良くなり、今でも定期的に会っている大親友である。三人共性格はまったく違う。森くんは几帳面な性格で段取り上手、箕浦は臨機応変に対応できる万能型、私はムードメーカー的存在だった。だから三人でバーベキューなどへ行くときは、非常にスムーズに事を運ぶことができたのだ。今でも仲が良いのは、このように三人の関係がハッキリしているのが大きな要因だと考えられる。

ある日、私たちは、オートバイで自宅近くの河川敷へ行った。そこで衝撃的な人を目撃する。河川敷のサイクリングコースをスクーターで風のように駆け抜ける謎のライダー。あまりの驚きに、思わず私は呟いた。

「いったい何者だ?」

その衝撃は今でもはっきり覚えている。ヒラヒラと華麗に走るその人は、強烈なインパクトを私に刻み込んだ。

「めちゃくちゃ格好いい!」

理屈抜きで私はそう叫んでしまった。さっそく私も同じように走ろうと試みるものの、簡単そうに見えてこれが意外に難しい。なかなか上手く走ることができない。もともと負けず嫌いの私の性格に火が点いたため、私はそれから毎日のようにその河川敷へ通うようになる。サッカーへ注がれていた情熱は、徐々にバイクへシフトされていくこととなった。

私は河川敷のサイクリングコースを走るたびに転倒し、姉のスクーターはあっという間にボロボロになってしまった。姉は変わり果てた自分のスクーターを見て唖然！　そして激怒！　しかし、何を言っても聞かない私に呆れてしまい、やがて諦めていく（本当にスイマセン）。

私は、スクーターでその河川敷を走るのがだんだん楽しくなってきた。そのうちタイムも計るようになり、どんどん本格的になっていく。ある日、同級生同士で、「レースに出てみよう」という話が持ち上がる。当時は様々な所でミニバイクレースが行われていた。私が通っていた河川敷でも50 ccのバイクレースが行われていると知り、さっそく姉のスクーターでレースにエントリー。そして、生まれて初めてオートバイのレースを経験した。

人生初のオートバイレース。結果は転倒してしまい予選落ち。その悔しさは、尋常ではない。それから、さらに毎日河川敷へ通うようになり、雨の日もレインコートを着て練習に行き、リベンジを誓った。

私は強烈な負けず嫌いの性格。小学生のころ、友だち同士で将棋などの勝負事をして負けると口もきけなくなるタイプだった。そんな私の性格に、完璧に火を点けたのがオートバイレースだったのである。

そのころからレースにのめり込んでいく自分がいたことを、はっきり自覚している。膝を地面に擦りながら走り回るのが楽しくて仕方ない。完全にスピードに魅せられた十六歳の少年となっていた。ある程度走り込んでいくと、いつも走っている河川敷では自分より速い人を探すのが難しくなっていく。そこで、さらに速くなりたいと考えた私は、もっと本格的なサーキットに通うことにした。

当時、岐阜県美濃加茂市に中日本サーキットというミニバイク専用コースがあった。ここではシリーズ戦も行われ、本格的なレースが開催されていた。それまで通っていた河川敷とはわけが違う。ミニバイクとはいえ本格的なレース専用のサーキット。今まで走ってきた所とは比べ物にならないハイレベルな環境が、そこには存在した。ここでのデビュー戦は「完敗」。まったく通用しなかった。河川敷で走り込んできて、自分が最速と言われ始めていた。だから、少しだけ調子に乗っていた私の伸びかけていた鼻は、完膚なきまで圧し折られた。速い人は限りなくたくさんいるのだと痛感。サーキットと一般道では根本的に走り方がまったく違う。カーブを速く走る基本であるアウト・イン・アウトやスローイン・ファーストアウトといったテクニックは、サーキットを走る際、非常にシビアに要求される。この基本ができなければ、サーキットでは話にならないのである。

それからは、そのサーキットを徹底的に走り込む日々が始まる。ここは河川敷と違い、毎日通うことはできない。しかし可能な限り週末になるとサーキットまでスクーターで自走し、帰りもまた自走して帰ってくることを何度も繰り返した。その際、よく付き合ってくれたのが箕浦と森君だった。

自己ベストタイムも上がり、私は満を持して中日本サーキットのレースに二度目のチャレンジをした。結果は大きく飛躍し、激戦を潜り抜け上位に食い込むことができた。

「レースが楽しい」

心からそう思い始めたのは、このころからだった。こうして高校生活後半は、オートバイのレース一色で終える。

予定外の大学生活

一九八九年四月、私は高校を卒業し、名古屋学院大学へ進学。バイクも50ccから250ccへステップアップした（当時の愛車は89年式NSR250R）。私は、大学に通いながら本格的にロードレースへ参戦したいと考えていた。しかし、その想いとは裏腹に、学生生活は予想外の方向へ進んでいく……。

大学というところは、中学、高校とは違い自分自身で一週間の時間割を決められる。そのため、毎回出る授業の学生の顔ぶれは当然違う。したがって友だちはできにくい。私はなかなか友だちができず、学生生活に馴染めないでいた。そんなころ、偶然キャンパスで中学の同級生と再会する。久し振りの再会で話に花が咲いていたなか、どうしても友だちができにくいという話題になった。するとその同級生は、私に一つの情報を教えてくれた。

「それなら面白いサークルがあるよ」

彼はあるサークルを紹介してくれたのだ。そのサークルはユースホステル部。これが私にとって学生生活の大きな分岐点となる。

私は興味津々でユースホステル部（以下ユースと略）の活動説明会に参加した（ちなみにこのサークルを紹介してくれた中学の同級生は入部しなかった）。大学では、春になると新入生をサークルに勧誘するための説明会が多数開催されている。ユースの説明会もその一つだった。そこで私は学生生活を支える大切な友人と出会う。

日比和博。

彼とはその説明会で偶然隣の席になり、何気ない会話から仲良くなる。ヘルメットを持っていた私に、日比は何気なく声をかけてきた。

「バイク乗ってるの？」

私は気楽に答えた。

「うん。バイク通学」

日比はすごく羨ましそうに言葉を返してくる。

「すげえ、いいなぁ」

こんな他愛もない会話から、私たちの長い付き合いは始まる。彼はバイクが大好きで、当時自動二輪の免許を取るために自動車学校に通っていた。当然私とは意気投合するわけである。そして、縁あって二人共そのままユースへ入部することとなる。その後大学生活の大半は、ユース活動に明け暮れることとなるのだが、この部を通じてかけがえのない友人と多数出会うことができた。

本題から外れてしまうが、この部活動の話に少しだけ触れたいと思う。ユースは少し特殊な部である。本来全国のユースホステル（会員制の宿泊施設。非常にリーズナブルで、アットホームな施設が多い）を旅するのが主旨。しかし実際は、他校（中部地区二十校以上）のユースホステル部と行う様々な行事が活動の中心になっている。なかでも六、八月には中部地区の大学二十校以上の同部が集結し、オリエンテーリング大会やキャンプが行われる。その参加者は八百人以上にのぼり、サークルという域を超えた特殊な部であった。

私が入部した名古屋学院のユースは、体育会系で上下関係が厳しく、男子のみで構成されていた。純粋に旅をしたくて入部した人は、大きなギャップを感じたに違いない。

こうして私のユース一年目の生活は始まる。新入生歓迎の行事が、四月から五月にかけて行われていく。バイクという共通項を見つけた私と日比は、すぐに打ち解けて仲良くなった。そんななか私は彼と二人で、合同キャンプという行事の実行委員に立候補した。理由は勢いと思いつき。逃げ腰だった彼を無理矢理巻き込んだのをよく覚えている。実行委員とは要するに主催者（スタッフ）である。合同キャンプ（以下合キャンと略）とは、二校の大学のユースが、七月に行う二泊三日のキャンプ。単にキャンプといっても三日間のスケジュールは分刻みで企画、管理され、準備は半年前から行う。何も知らず勢いだけで実行委員に参加した私たちは、想像を絶する過酷さを経験する。あまりの過酷さに、何度も立候補したことを後悔した（無理矢理引き摺り込まれた日比は、私以上に後悔していたのは言うまでもない）。

しかし、何とか本番を迎え、役目をやり終えたときには、大きな達成感を味わうことができた。みんなで一つのことを作り上げる喜びを、私はこのユースで学ぶことができた気がする。その喜びや感覚は、その後の人生の価値観に大きな影響を与えている。経験することすべてが新鮮な一年は、あっという間に過ぎていった。

繰り返しになるが、私は大学に入学後、オートバイのレースを本格的に始めるつもりだった。しかし、気づくとユース活動に夢中になっている自分がいた。そして、すでにそれを止めることはできなくなっていた。いや、止めたくなかったのかもしれない。

波乱の幕開け

二年生になり年間行事は続く。引き続き合キャンの実行委員に日比と立候補した。この年は私たちの学年に、もう一人合キャン実行委員が加わった。

青木正博。

彼は翌年三年生のときに部長を務める男である。日頃はボーッとしていてよくわからない男なのだが、人望があり面倒見がよく、後輩から非常に慕われていた。実行委員は一年から三年で構成され、企画などの話し合いは二年生が中心になって進められる。この年の合キャン実行委員の二年生は、日比と青木と私の三人。去年経験している日比と私は、積極的に意見を交換した。去年は初めてだったので、わけもわからず先輩についていくのが精一杯だった。しかし、今年は違う。自分たちが主導権を握り準備を進めていく。自ずと去年とは比べ物にならないほど、気合が入っていた。三月から始まった準備も五月下旬になり、七月の本番までの折り返しを迎える。

そのころ事件は起きた……。私はオートバイのレースから完全に離れていたのだが、峠には頻繁に走りに行っていた。当時、峠を走るライダーを「ローリング族」と呼んでいた。私はその一人だったのである。今思えば峠を走るのは危険が付きまとうだけで、技術の上達には繋がりにくい。しかし、スピードに魅せられた当時の若者たちにとってサーキットは敷居が高く、気軽に走れるのは峠しかなかったのだろう。

私は走り慣れた○○峠で、いつものように全開走行をしていた。ところが、目を閉じても走れるくらい走り慣れた峠だったのにもかかわらず、一瞬魔が差して転倒してしまう。私は胸を自分のオートバイとガードレールに挟まれ強打。肺に大きな怪我を負ってしまう。息ができず身動きが取れない。すぐ後ろを走っていたライダーが慌てて私に駆け寄る。

「大丈夫ですか？」

その呼びかけに答えられない。

「……」

私は肺を強打していたため、息ができず言葉が出せなかった。現場にいた峠の仲間たちは、緊急事態だと即座に判断。救急車を手配しようとしたが、偶然、峠仲間の一人が車で来ていたので、病院まで彼の車で連れていってもらい大事には至らなかった。もしあのまま峠に放置されていたら、今どうなっていたかわからない。彼らには今でも心から感謝している。その峠仲間とは、その後鈴鹿サーキットで劇的な再会をする。

大事には至らなかったものの、私の病名は肺挫傷。緊急入院を余儀なくされた。しかし、合キャンの実行委員に穴を空けるわけにはいかない。私はドクターを何とか説得し、一か月で退院して実行委員に合流した。

合キャンの企画のなかに「火舞い」というメニューがある。火舞いとは、棒の先に布をくくり付け、その布に灯油を染み込ませ、そこに火を付けて円を描くように両手で回す舞いである。キャンプファイヤーの始まる前、薄暗くなった時間帯に火舞いは行われる。非常に危険なメニューなので、入念に繰り返し練習を行う。私は一年生のときに火舞いを経験していたので、二年生である今年は指導する立場になっていた。しかし、退院直後の私にとって、この火舞いの練習がいちばんきつかった。

火舞いは、先頭に立つリーダーの掛け声に併せて火の点いた棒を回す。当然リーダーは、大きな声を張り上げなければならない。火を怖がってしまうと逆に危険なため、皆に喝を入れるのもリーダーの大切な役割である。そのリーダーを担っていたのが私である。肺を患い退院したばかりの私は、大きな声を上げるたびに胸が軋むような痛みに襲われた。しかし絶対に弱気は見せられない。何としてもやり遂げる！という強い気持ちだけで練習を乗り越えていった。

そして何とか本番を迎え、無事三日間の全メニューを終えることができた。去年とは比べ物にならないほどの達成感を経験した。そして二日目の夜には自然に涙が流れた。感動と達成感で涙を流すチャンスはなかなかない。社会人になってしまうと、それはほぼ皆無である。そういう意味では、素晴らしい大学生活を送らせていただいたと感じている。

名古屋学院大学ユースホステル部の最重要年間行事は、八月に行われる夏季合宿である。この行事は、名古屋学院大学だけで行う一年から三年生が参加する伝統行事。部の結束を固める重要な行事なのだ。部内の規則では、この合宿は絶対参加とされていた。

お金のない学生生活で一週間近く旅に出るこの合宿は、部員全員にとって非常に大きな負担である。しかし絶対参加であるため、みんな何とかやりくりして金銭的な問題をクリアし参加していた。

私の年代である二年生は、例年になく大所帯で当時十六名が在籍していた（他の年代は六、七人が在籍）。この年の夏季合宿で大きな問題が持ち上がる。前述の通り、この合宿は絶対参加である。それにもかかわらず二人の同級生が不参加だった。

水野克彦と高田博之。

彼らは一年から二年生にかけて、八月の夏季合宿の直前に行われるキャンプラリーという大イベントの実行委員を二年連続で務めていた。キャンプラリーをやり遂げるためにお金を使い果たし、夏季合宿に参加する資金はとうてい工面できる状況ではなかったからだ。

キャンプラリーとは、中部圏内二十校以上のユースが一同に集結し、二泊三日のキャンプが行われる大イベントである。参加者は八百人以上となり、実行委員も各校から二、三人ずつ選出されて運営される。準備は半年前から始まり、毎週のように打ち合わせが繰り返される。したがって、この実行委員をやり遂げるには、かなりの経費を必要とするのである。

合宿中話し合いが行われた。議題は彼ら二人の処分について。本来夏季合宿に参加しなかった部員は、即除名というのが規則である。しかし私は、どうしても納得がいかない。なぜなら彼らが合宿に参加できないのは、キャンプラリーの実行委員をやり遂げるために二年連続で全力投入した結果だからである。私は、除名処分は厳し過ぎると猛反発した。

しかし、ここで特例を認めてしまうと部内の規則が済し崩しになってしまう。したがって、いかなる理由があっても、合宿欠席者は除名を免れないという意見が大半を占めた。その意見を強く主張した一人の男がいる。

小熊久敏。

彼が強調したのには理由があり、合宿不参加の二人と同様に、彼もまたキャンプラリーの実行委員をやり遂げていた。もちろん彼もそうとう金銭的に厳しい状況だったにもかかわらず、合宿に参加していたからなのだ。激論は夜中まで続き、話し合いは平行線。結論が出せないため、二人の意志を確認することとなった。彼ら二人は部内で自分たちの処分内容が協議されているのを知り、希望退部することを決めた。こうして二人の処分問題は幕を閉じた。

二年間のユース活動を通じてたくさんの仲間ができた。今でも付き合いのある大切な仲間は、このころに出会っている。

三年生になり、私は三度目の合キャン実行委員に立候補した。この年は、青木と一緒に行うこととなる。三年生は、すべての取り纏めを行う役割を担う。現地の決定や機材の調達、その他イベント開催にかかわる物的な手配をするのが役目である。現場から一歩下がった監督に近い立場である。青木と私は、去年と一味違った充実感を味わいながら準備を進めていく。

そんなある日、またもや事件が起きる……。三年生は金銭的な取り纏めも行う。だから参加者全員から集金するのも三年生の役目なのだ。八十名近くの参加者から事前に集金を終えた日、私は青木宅に泊めてもらった。私たちは多額の現金を持ち歩きたくなかったため、翌日銀行口座に入金する予定だった。次の日、私は青木と二人で学校に向かった。二人それぞれの車に乗り、二台で青木の家を出たのだが、その際、私は何となく前日集金した現金を青木にいったん預けた。

「やっぱ青木がこれ（現金）持っといて」

青木も快諾する。

「いいよ」

これが数十分後に大英断だったとわかるのだが、このときの二人は知る由もない。何となく私は青木に預けただけである。

私たちは二台の車で学校に向かい、校門が近づいてきたそのとき！　信じられないことが起きる。青木は私の後ろを走っていたのだが、私の車の下から何と炎が出ているのを見つけたのである。青木は慌てて私に知らせるため、クラクションを鳴らし大声で叫ぶ。

「止まれ！」

私は、まったく気づかず走り続けて校内に入ろうとしたとき、突然エンジンが止まり、そこで初めて車の異変に気づく。当時私はＭＲ２という車に乗っていて、この車は後ろにエンジンがある。私は車を止めて、ふと後ろを振り返って唖然とした。何とエンジンから炎が出ているのである。

慌てて車から飛び降りると、呆然と立ち尽くす私のところに消火器を手にした青木が駆け寄ってきた。青木は懸命に消火しようとするのだが、ガソリンに引火した車は瞬く間に炎に包まれた。全校生徒が集まって来る大騒ぎとなった。校門に植えられた桜の木にも燃え移り、辺りは騒然となる。学校関係者も集まってきて、懸命な消火活動が行われた。その後消防車が到着し、ようやく炎は鎮火した。

騒ぎが落ち着いてから、私は青木と目を見合わせ確認する。

「そういえば、昨日の現金は青木が持ってるよな?」

青木は不安になりながら答える。

「うん。大丈夫のはず」

すぐに私たちは青木の車に行き確認した。現金は無事だった。何度考えてもゾッとするのだが、なぜあのとき現金を青木に預けたのかは、今も謎のままである。

様々なトラブルが多発しながらも、無事三度目の合キャン本番を迎えることができた。三度目の合キャンは、今までとはまた違う感動を味あわせてくれた。なかでも印象的なのは、二日目の夜。プログラムをすべて終えた後、キャンプファイヤーで使用した井桁の前で、青木と二人語り合ったこと。このキャンプファイヤーは青木と二人で並々ならぬ気合で作り上げ、本番まで苦難、苦境の連続だった。しかし、やり終えた後の充実感と達成感は、言葉にならない。二人で残り火を見ながら長い間座り込んで語り合ったのをよく覚えている。この経験が、青木との人間関係の基礎になったのは間違いない。今ももちろん大切な仲間の一人だ。

レースへの想い

三年間のユース生活が終わりを告げ四年生となる。四年生になると参加する行事も減り、前線から身を引くこととなる。同級生のほとんどは、就職活動に一所懸命だった。必然的に、私も将来について真剣に考えるようになった。しかし、考えれば考えるほど、入学当時の気持ちが甦ってくる。

「レースがしたい」

大学に入ってから本格的にレース活動をしたい。入学当時はそう考えていた。しかし、三年間、別の道を歩いてきた。それに対してまったく後悔はない。それどころかユース活動の経験は、仲間との出会いも含め、自分にとって大切な財産となっている。ではこれからどうしよう……。流れに身を委ねるが如く就職活動をしていたのだが、あるきっかけで、私はレース用のオートバイを手に入れる。そして、そこから本格的なレース活動が始まっていく。

一九九二年 春、私はある一台のオートバイを手に入れた。

90年式ＲＳ１２５Ｒ

ロードレース専用のオートバイである。通常の街乗り用バイクと違い、完全にレース専用。ナンバープレートやライト、スピードメーターなど、保安部品は何も付いていない。したがって一般公道を走ることはできない。サーキットを走るためだけのオートバイである。運搬用の車も購入し、そのオートバイでサーキットに行くことにした。

当時、ロードレース人気は非常に高く、鈴鹿サーキットの走行予約状況は恐ろしいほどの過密状態で、練習走行の予約が取れず満足に練習することができなかった。そこで私は、岐阜県の瑞浪モーターランドと岡山県の中山サーキットをホームコースに選んだ。瑞浪モーターランドでレースは行われていないため、そこでは練習するのみ。本格的に走り込むのは中山サーキットが中心となった。オートバイを整備する拠点も必要となる。このバイク購入でお世話になった方に、あるレーシングチームを紹介してもらう。

チームＫＯＨＳＡＫＡ。

これから先お世話になるチームなのだが、当時はまだ出入りする程度で、毎週土曜日の夜に行われるミーティングも出たり出なかったりで存在感はゼロに等しかった。それよりもまず、レース用のオートバイに慣れることが先決である。街乗り用のオートバイとはまったく乗り方が違うため、可能な限り練習に行った。初めて中山サーキットへ行き、レース用のオートバイが疾走するのを間近で見たときの衝撃は、今でもはっきり覚えている。ものすごいスピードと音、その迫力に圧倒されて鳥肌が立ってひかなかった。中山サーキットへ通ううちに、少しずつレース用のオートバイにも慣れていく。そんなある日、そこで意外な人物と再会する。

柴田隆之。

「信吾？　お前、何やってんねん？」

「お前こそ何？」

お互い唖然！　彼は私の母の弟の息子。要するに従兄弟である。彼とは同級生で、物心つくころから兄弟のように過ごした。住んでいるところは愛知県と兵庫県で離れていたが、お互い男兄弟がいないのと、同じ歳だったため本当の兄弟のような関係だった。彼とのエピソードは底を尽きない。十七歳のときに二人で自転車で長野県の白馬まで行ったことや、自転車で六甲山へ登ったときのエピソードなど。この辺りの話に触れると大幅に本題から外れ、紙面を大きく使ってしまうためここでは触れないこととする。

彼がバイクに興味を持っていたのは知っていた。しかし、私は大学に入りユース活動に夢中になっていたため、しばらくの間あまり連絡を取っていなかった。まさかサーキットに来ているなんて夢にも思っていなかったのである。お互い同じように思っていたため、本当に驚いた。その後、彼と一緒に中山サーキットへ通うようになる。

前述の通り、隆之と私とは小さいころから兄弟のような付き合いである。常にライバル的な存在で、何をやっても彼が一枚上手だった。それが悔しくて、いつも私は彼の行動を見ていた気がする。よいところを盗んでやろうと思っていたのだが、心では彼を認めていて自分自身も認めてほしいと思っていた。私のなかで、彼は常に大きな存在であることは今も変わらない。

中山サーキットに通うようになり、いよいよお互いデビュー戦を迎える。ロードレースには様々なクラスがある。私たちはそれぞれ違うクラスにエントリーした。

隆之のデビュー戦は華々しいものだった。予選を三位で終え、決勝レースは二位でフィニッシュ。その日優勝した選手が、彼がデビュー戦であることを知りすごく驚いていた。無理もないだろう。そして後日、私もデビュー戦を迎える。しかし、結果は予選落ち。無残な結果に終わったのだが、このまま終わるわけにはいかない。練習あるのみと思い、中山サーキットへ通う日々が続いた。隆之と二人で中山サーキットへ通う道中は、まさに珍道中である。当時のＶＴＲが残っているのだが、今見ても大爆笑のアホ二人組である。だから楽しく過ごせたのだろう。いったい何回中山サーキットへ通ったのか、はっきり覚えていない。

ロードレースは多額の資金を必要とする。だから私は昼間学校へ行き、夜バイトすることで、その費用を稼いだ。警備会社のバイトは、けっこうよい給料を貰うことができた。夜間に車でパトロールを行う仕事なのだが、夜中に車を走らせるためどうしてもリスクが伴う。案の定その仕事中に、私は自身の不注意で人身事故を起こしてしまう。

小雨が降り注ぐ夜、いつものように異常信号を知らせる現場へパトロールカーで向かっていた。そして考えごとをしながら交差点を右折しようとしたそのとき！　自転車が目に入らず接触。

ガシャーン！

相手の方はボンネットに乗り上げ、足を折る大怪我を負ってしまった。悔やんでも悔やみ切れない、本当に申し訳ない気持ちだった。さらに自動車の運転免許は停止となり、中山サーキットへ通うこともできなくなった。全力でレースに取り組んでいた真っ最中だったのだが、私は活動休止を余儀なくされた。

こうして私は、途方に暮れながら学生生活を終える。

大きな決断

一九九三年四月、私は大学を卒業し、大手家電量販店に就職。レース活動のできない私は、まずは仕事を覚えることに専念する。接客の仕事は私に合っているようで、研修中、現場に配属されるのが待ち遠しかった。研修が終わり、勤務先が決定。配属先は岡崎の店舗だった。そして、社会人一年目がスタートした。

実は入社する際、私は真剣にレース活動を行っていることを人事の方に伝えていた。その時点では活動自粛中だったが、近日中には再開すると説明したのだ。すると人事の方から、サービス業だが最大限配慮すると言っていただけた。事実配属後、本来休みの取り難い週末に休みをいただけていた。さらに自身のレース活動の模様は、社内報でも紹介していただいた。私は素晴らしい会社に就職できたと確信していた。

接客の仕事は、やはり自分に向いていたようで、すごく張りのある毎日を過ごすことができた。午前中を第一ラウンド、午後を第二ラウンドと勝手に自分で決めて、売り上げ数字を追いかけていた。もともと私は、数字を追うのが好きな性格なのかもしれない。仕事を思い切り楽しんでいた。そして、先輩方の人間関係にも恵まれ、可愛がっていただいた。仕事中の心に残るエピソードがある。それは、「城之内くんから買ってよかったよ」とお客様に言っていただけたことである。本当に仕事をしていてよかったと思える瞬間である。接客業の醍醐味は、この辺りにあるのだろう。

仕事にもある程度慣れてきて、いよいよバイクの練習を再開するときが来た。中山サーキットへ通う日々が再び始まったのだ。このころから鈴鹿サーキットへも通うようになる。しかし、勤務地が岡崎で、実家の名古屋とは距離があったため、岡崎周辺でバイクを整備できるところを探す必要があった。当時住んでいたアパート周辺のバイクショップを手当たり次第に訪問するのだが、なかなか見つからなかった。ある日、仕事での配達中に、あるバイクショップが目に止まる。

スパイラルレーシング（以後スパイラルと略）。

私は迷わず飛び込んでみた。そしてバイクを整備できるところを探している旨を店長に伝えたところ、快く了承いただけた。こうして私は、バイクを整備できる場所も確保し本格的に活動を再開した。

スパイラルで出会った佐藤孝夫さんには、本当にお世話になった。彼もまた私と同じＧＰ１２５クラスを走っていたのだが、そのお陰で佐藤さんからたくさんのことを教わることになった。当時、私はバイクの構造に関して無知に等しかったため、彼には何度も救われた。レース用のオートバイは通常のバイクと違い、走るたびにエンジンを分解し整備する必要がある。そのたびごとに、私はピストンピンを止めるクリップの脱着に四苦八苦していた。それを見かねた佐藤さんが、私にアドバイスをしてくれる。

「その部品はこう使うんだよ」

私は不思議そうに答える。

「えっ？　そうなんですか？」

言われた通りに、私はクリップを装着してみる。すると、今までの苦労が嘘のように簡単に作業が進んでいった。

そんな調子で、私には知らないことがたくさんあり過ぎて、一から十まで佐藤さんに教わったと言っても過言ではない。

その後は、岡崎から鈴鹿サーキットと中山サーキットへ通いながらレースに挑戦した。しかし、思うような結果が残せない日々が続く。前述の通り、私がレース活動を続けられたのは、会社と職場の店長に絶大な協力と理解をいただいていたからである。なぜなら、レースは土日に行われる。私の仕事は接客業であり、土日は最重要売上日である。

職場の理解がなければレース活動を続けるのは不可能だったのだ。

そのころ、私はスパイラルで面白い男と出会う。

中島誠（以後ナカジと略）。

彼は、私の従兄弟と同じSP250クラスのレースに参戦していた。最初はときどき顔を合わせる程度で、それほど親しかったわけではない。一九九四年の春、彼は突然私の職場である家電店へ訪ねてきた。

「4耐一緒に出ない？」

4耐とは、真夏の鈴鹿で行われる八時間耐久レースの前に開催される四時間耐久レースのことである。このレースはオートバイの甲子園ともいわれていて、上をめざすライダーにとっての登竜門である。唐突な話だったが、私にとってすごく興味のあるレースだったのですぐにOKした。耐久レースとは、二人がペアになり時間内に何キロ走れるかを競うレースである。それからは、ナカジと一緒に鈴鹿へ通うことが急増した。七月の4耐に向けて。

ナカジと私は、まったく違う性格である。彼はおとなしい性格で冷静沈着、あまり闘

初めて4耐に参加。ナカジ（左）と。

争心を表に出さず口数も少ない。私はそのまったく逆といってよい。その後、三回に渡って彼と4耐に挑むのだが、まったく違う性格の二人だったから続けられたのかもしれない。お互い頑固なので意見衝突はたくさんあったのだが、決定的な軋轢が起きてしまうことは一度もなかった。もちろん今も大切な仲間である。

わからないことだらけで始まった私たちの4耐初チャレンジは、二人の絆を強くする結果となった。予選を通ることはできなかったが、ナカジのチーム（RT天竜）の仲間や佐藤さんが手伝ってくれたお陰で、みんなで一つの目標に向かって頑張る楽しさを経験できた。大学時代のユース活動のときに感じた同じものを思い出す。それは人生において大切なものだと思う。この4耐チャレンジは、それを強く感じさせてくれた。来年のリベンジを二人で誓い、この年の夏は終わる。

秋になると夏のインターバルが終わり、本格的なレースシーズンが始まる。鈴鹿の練習走行へ行く際は、常に誰かが付き添いに来てくれていた。職場の同僚や学生時代の同級生等々。ある日、大学時代の友人である日比と小熊が付き添いに来てくれた。そのとき私は、気合が空回りしてヘアピンカーブで転倒してしまう。何とかピットまで自力で戻ったのだが、肩から胸を強打していて、胸に違和感があった。嫌な予感がした私は、洗面台に向かって唾を吐いてみたところ、案の定血痰が出てきた。大学時代に傷めた肺を再び傷めてしまったのだ。急遽小熊に車を運転してもらい、自宅近くの病院へ直行した。当然そのまま緊急入院となった。この騒動で小熊と日比には多大な迷惑を掛けてしまった。この場を借りて感謝と謝罪を述べたい。

仕事は病欠となった。店長も病院へ駆けつけて、

「心配ないから療養に専念するように」

と言ってくださった。幸い怪我は大事に至らず、三週間ほどで職場に復帰した。しかし、その年の冬になると、職場で大きな問題が持ち上がる。入社当時からお世話になってきた店長が転勤となり、新しい店長が配属された。私はその新しい店長にものすごく可愛がっていただき、

「ここでの仕事を全部教えてやる」

とまで言っていただいた。しかし、レース活動は仕事に大きく影響を及ぼす。私は大

きな決断を迫られた。

レースを続けるか……。

仕事に専念するか……。

何度も書くが、私は仕事を気に入っていて職場の仲間にも恵まれていた。楽しんで仕事ができていたし、毎日が楽しくて仕方なかった。しかし、レース活動を続けるためには……。

二十四歳の私は、大いに悩んだ。職場の仲間は最高で、本当に仕事が楽しいと思えていた。しかし、オートバイのレースには二十代の今しか挑戦できない。結論が出せない……。そんな私の背中を押した言葉……。それは「後悔」。私は決断した。

仕事を辞める！　この決断が正しいか正しくないかは、今もわからない。おそらくどちらでもないのだろう。どちらに進んでも、私自身の人生である。しかし、後悔だけはしたくなかった。その想いが、私の背中を押したのである。そしてこのとき、私は二十代の人生をレースに捧げる覚悟をした。プロのレーサーになるために……。

プロをめざして

仕事を辞めて、私は名古屋の実家に戻った。学生時代にバイトしていた警備会社に再就職してレース活動を続けた。

一九九五年春、オートバイを新車に買い換え、心機一転新たな気持ちでレースに臨む。この年、私の乗るオートバイはフルモデルチェンジされ、今まで乗っていたタイプから一新する。その新しいタイプのオートバイが、私には見事に合っていた。もともと一七八センチある私の身体は、１２５ccのオートバイには合っていなかった。しかしこの新車は、私にピッタリ合う。当然タイムも上がり、少しずつよい結果が出始める。可能性が見え始めたのは、このころである。

一九九五年夏、二度目の４耐にナカジとチャレンジ。

さすがに二度目なので段取りはわかっている。スムーズに準備を進めるのだが、思うようにタイムは伸びない。私たちは去年以上に練習を重ねて本番に挑んだ。

予選当日は、あいにくの雨。私はナカジのオートバイでの雨天走行は初めてだったため、タイムはまったく平凡な結果で終わってしまう。しかし、ナカジは激しい雨の中、激走を見せ大健闘する。予選が終わり敗者復活レースへ臨み、決勝進出をめざす。一時間で行われる敗者復活レースで、ナカジは上位争いを見せる。決勝進出の期待がにわかに広がる。そして、私にライダーチェンジのときが来た。ピットインしてきたナカジと素早く交代しスタートしようとするが、なんとシフトペダルが折れるというトラブルに見舞われる。大幅にタイムロスをしてコースインするものの、ペダルは完全に直っておらずリタイアとなってしまった。私は何も貢献できないまま、二度目の夏は終わった。

この年から私は、チームKOHSAKAへ本格的に出入りするようになる。毎週土曜日のミーティングも欠かさず出席。そのころ一人のライダーと交流が深くなる。

佐藤政徳《まさのり》（以後 政と略）。

彼は後にウェスタンシリーズのチャンピオンになる男なのだが、当時はまだお互いチーム内では目立たない存在だった。このころから政と一緒に鈴鹿へ通う回数が急増する。彼はもともと友人の紹介でチームKOHSAKAの門をくぐったらしい。最初は250ccのオートバイに乗っていたのだが、社長の高阪さんの勧めでレース用の私と同じ125ccのオートバイを購入しチームに入ってきた。

チームＫＯＨＳＡＫＡは日本でも随一の有力チームで、たくさんの有名ライダーを輩出し、現在も多くのライダーが活躍している。厳しい規則は特になく、自由に活動することができる。しかし結果が残せなければ、ほとんどチーム内で相手にはされない。レースの世界は結果がすべてである。そして社長の高阪さんは、結果を出せるライダーにはサポートを惜しまない。そんな社長の人柄に自然と人が集まり、チームには常に上をめざすたくさんのライダーが在籍していた。

私は素晴らしいチームと仲間に恵まれ、伸び伸びとレース活動を続けることができた。オートバイのレースに出場するには、様々な知識と環境が必要となる。それがここには揃っていて、思う存分レースに集中することができるのである。この年は私にとって大きな転機となり、レースでも少しずつ結果を残せるようになっていった。一歩一歩前進している自分を確かめることができ、手応えを感じながら一年を終える。

飛躍の年

運命の一九九六年が幕を明ける。正月、スパイラルでお世話になった佐藤孝夫さんと一緒に初詣に行った。このとき、自分自身で決断をする。

「今年納得できる結果が残せなければ引退だ」

私は固く心に誓い、一年間できることはすべてやり切る覚悟をした。その帰り道、佐藤さんの買ったばかりの新車が、何と当て逃げされてしまう。すぐに相手の車を探し回ったが、見つけられなかった。波乱の年を予感させる幕開けとなった。

二月ごろから、自己ベストタイムは大きく上がり始める。私はこの年の鈴鹿ロードレース選手権シリーズ第二戦（鈴鹿サーキット西コース）で貴重な経験をした。自分の壁を超える体験である。

予選はいつも通り百三十台がエントリーする大激戦。そのなかで三十六台が決勝へ駒を進める。予選はタイムアタック方式で行われる。百三十台が同時に走るのは不可能のため、A～Eの五グループに分けられ十分の走行時間が与えられる。その時間内に出したタイムの速い順に順位は決まる。その上位三十六人が決勝レースに進出するのである。

私は予選Cグループで出走し、全力で挑んだ。予選で周回できるのは約八周。その間にベストタイムを出さなければならない。七周走った時点でベストタイムが出せていないのは、自分で気づいていた。コントロールタワーでは、まだチェッカーフラッグ（終了の合図）は出ていない。私はラスト一周に全神経を集中させた。そして予選は終了。ナカジが予選中タイムを取ってくれていて、戻ってきた私に一言。

「行けるぞ！」

タイムは1分28秒692。

自己ベストに近いタイムが最後の一周で出ていた。心臓をドキドキさせながら結果を待つ。まるで受験の合格発表を待つような気分だ。そして予選結果が張り出された。食い入るように結果表を見る。自分の名前を見つけた。

なんと予選結果は三十六位。

しかも三十五位の選手とまったく同タイム。さらに三十七位の選手のタイムは1分28秒714。その差約百分の二秒。紙一重で決勝へ進出した。

予選のタイム差というのは、ほとんど誤差である。それは技術的な差ではなく、想いの差だとしか考えられないと私は思う。しかし、決勝へ進むのと予選で終わってしまうのとでは、得られる経験値に天と地ほどの差がある。たった百分の二秒差だが、それほど違うのだ。

より強い想いを持っている者が結果を出していく！　このとき、それを強烈に体感することができた。この経験は、私の人生において大きな財産となっている。

迎えた決勝レース。鈴鹿サーキット（西コース）はスタート地点が上り坂のため、先輩ライダーから上手くスタートすることが最重要だと、いつもアドバイスをいただいていた。私は全神経を集中してスタートを待つ。政はこのレースの予選で四位だった。したがって彼は二列目からのスタート、対する私は最後尾からのスタートとなった。

シグナルが青に変わり一斉にスタート。

私はスタート大成功。たくさんのライダーたちをスタートで抜くことができた。対する政はスタート大失敗。スタート直後二列目スタートのはずである政は、なぜか私の隣にいた。その後も激しいレースが展開され、政が八位、私が十八位の結果で終わった。このレースを境に、私は大きくステップアップしていく。

「強い想いは必ず実現する」

それを実体験した出来事だった。自分の壁を超えていくときの感覚を、このとき経験できた。それが、今の私の価値観を支えている。

一九九六年夏、三度目の4耐へチャレンジ。ナカジも私もお互いレベルアップしていたため、できることはすべてやろうと決心し準備に取り組む。高阪さんの多大な協力も得て、オートバイも大きく進歩した。私は、このレースに別の想いもあった。それは従兄弟である隆之と同じレースを走ることができる喜びである。今回の予選は、初めて彼と同じ組になった。私は彼と違うクラスを走っていたため、日頃一緒のレースを走ったことはない。一緒に走れるチャンスは、この耐久レースだけである。彼と同じ土俵で競い合うことができるという喜びに、私の心は躍動した。

予選のタイムアタックでは隆之と絡むシーンもあり、興奮はピークを迎えた。タイムもまずまずで、私たちは決勝進出を確信していた。しかし、予選中天候に変化が起き、わずかの差で敗者復活レースから勝ち上がらなくてはならなくなった。隆之のペアは問題なく決勝へ進んでいた。敗者復活レースは一時間耐久レース。

何があっても勝ち上がるぞ！　ナカジと私は強い気持ちでそのレースに臨む。一時間耐久レースとは一時間の間に一度だけライダーチェンジを行い、長く距離を走ることのできた順に順位が決まる。八十チームがスタートラインに並ぶ。私たちは十五位スタート。上位十位までが決勝進出となる。順調に進むことができれば問題のないポジションである。ライダーチェンジの際に給油も行うため、ナカジのチームの仲間たちと一緒に、ピットワークの練習も入念に行った。スタートライダーは私が担当。スタートに全神経を集中する。

そしていよいよスタート！

ルマン式というスタート方式。コースの反対側から自分のマシンに走って駆け寄り、エンジンを掛けてスタートする。八十台の決勝をめざすライダーが一斉にスタートした。私はできるだけ冷静に前半を進め、一時期三位までポジションを上げる。三十分が経過したころ、私に疲れが出始めリズムが狂いだす。ペースが乱れ始めたので、すぐにナカジへライダーチェンジを行った。給油も行い、完璧なピットワークで繋ぐ。ライダーチェンジを行った後も十位以内を維持していたので、ナカジの実力を考えて安全圏だと思い、私はピット内で身体を休めていた。決勝で再び隆之と走れる喜びに、胸がはち切れそうになりながら……。しかし次の瞬間、場内アナウンスに耳を疑う。

「ゼッケン十五番、一コーナーで転倒」

ピット内の空気が凍り付いた。モニターには一コーナーの砂埃が映し出されている。仲間全員が食い入るように映像を見つめた。十五番は私たちのゼッケン番号なのである。ナカジは冷静な男で、転倒するところをほとんど見たことがない。むしろ私の方が、圧倒的に転倒する回数は多かった。だからこの現実が信じられない。しかし、モニターには確かに私たちのマシンが映し出され、現実であることを知らされる。ナカジが救急車で運ばれるのが見えたので、私はメディカルセンターへ飛んでいった。センター内では応急処置が施されたが、幸いナカジに大きな怪我はなく、擦り傷程度で済んだ。

ナカジは私を見るなり、

「すまん」

と一言謝ってきた。

「……」

私の瞳に涙が込み上げてくる。私は彼に言葉を返すことができない。うなずくことしかできなかった。もちろん彼を責める気にはなれず、むしろパートナーに私を選んでくれたことに感謝したい気持ちで一杯だった。

こうして二人の三度目の夏は幕を閉じた。

運命のシグナル

夏が終わり秋のレースシーズンが始まる。この年私は、様々な自信を付けることができた。プロのレーサーになるという目標に向けて一歩一歩進んだ。そんななか私は、チームKOHSAKAの先輩ライダー武藤さんに、語り尽くせないほどお世話になった。レースにかかわることはもちろん、それ以外のことでもたくさんのことを教わった。ある日私は、武藤さんからこんなことを言われた。

「城之内くんは全日本やプロを本気でめざしてる?」

私は即答する。

「もちろんです」

すると、武藤さんは間髪入れず私に問い掛ける。

「ならタバコやめられる?」

私は一瞬言葉を失う。

「えっ?」

私は当時愛煙家だったため、この問いかけに躊躇した。そして武藤さんは続けて言う。

「もし本気でプロをめざしているのであれば、禁煙くらいできて当たり前。その程度の自己管理ができないのであれば、プロをめざすのはやめた方がいいよ」

彼の言葉は私の身体を貫いた。現役全日本ライダーである彼の言葉は重い。私はその瞬間からタバコをやめた。

こんなエピソードもある。鈴鹿サーキットは誰もが知る国際レーシングコースで、高いテクニックを要求される難コース。当時私はギアの使い方で悩んでいた。具体的に説明すると、スプロケットの組み合わせ方について。スプロケットとは、チェーンを繋ぐ歯車で、前後に二つ装着されている。その歯車の大きさを変えることで、スピードをコントロールできる。したがって、その組み合わせ次第でオートバイのスピードは大きく変わってしまうのである。スプロケットの組み合わせを、S字からダンロップコーナーまでの区間に合わせると、デグナーやスプーンカーブで合わなくなってしまう。つまり、どこかを重視すると犠牲になる場所が出てしまうのである。この問題を解決するのは、容易ではなかった。しかしそんなとき、私は武藤さんから一つの部品を渡された。

「このミッションを使ってみな」

その部品は2・3速のショートミッションで、当時私のレベルではタブーとされていた部品であった。なぜタブーとされていたかというと、スプロケットの組み合わせだけでも無数に存在するうえ、それにミッションが加わると天文学的な組み合わせの数となってしまい、逆に混乱するとされていたからである。しかし、そのショートミッションは、私の悩みを見事に解決してくれた。武藤さんには、すでに私の抱えていた問題の解決方法がわかっていたのである。

私は、チームKOHSAKAで武藤さんを中心とした多くの方々から本当にたくさんのことを学ばせていただいた。

そして、いよいよこの年の集大成である鈴鹿ロードレース選手権最終戦を迎える。当時私には、お付き合いしていた彼女がいた。私がレースに参戦するとき、彼女は必ず応援に来てくれていた。この日も、いつも通り彼女は一緒だった。しかし、私たち二人の関係は、そのころあまり上手くいっておらず、彼女が応援に来るのは、このレースを最後にしようと話していた。要するに、このレースを最後に別れようとお互い話していたのである。それもあり、私は自身の持てるすべてを、そのレースに注いだ。

鈴鹿サーキットは、東西二つの区間に分かれている。レース前私は、その東の区間を勝負所と決めていた。メインストレートから一コーナーやS字コーナー、逆バンクコーナー等がある区間である。しかし土曜日の予選では、何とエンジントラブルに見舞われ思うように走ることができず、三十一位で決勝に進む。政は十六位だった。予選が終わり高阪さんと相談し、問題と思われるエンジン部品を夜遅くまでかけてすべて交換した。そして、いよいよ決勝の朝を迎える。

翌朝ウォーミングアップでエンジンの調子を確認すると、前日のトラブルは見事に解消していた。そのとき、私は確信した。思い切り走ることができると。

実はこの決勝レースが始まる直前に、不思議なエピソードがある。ナカジが、いつも通り私のところに激励に来てくれたときのことである（私たちは別々のチームに所属しているので、ピットも別のところに入っていた)。いつも通りの私であれば、レース直前になるとピリピリして闘争心を周りに撒き散らし、愛想の微塵もない。しかし、この日の私は、まったく違っていたらしい。

「頑張れよ!」

とナカジが一言声を掛けると、私は満面の笑みで応えたという。すごくリラックスして見えたらしく、彼は違和感をもったらしい。ひょっとすると、ジョウ(私はナカジにジョウと呼ばれていた)は、このレースで引退するつもりなのかなとさえ思ったという。私はそのときのことをまったく覚えていないのだが、もちろん結果を残し始めていて勝負所を迎えていたので、引退などまったく考えにはなかった。私の心中はレースへ百パーセント向かっていて、一点の迷いもなかったのである。しかし、ナカジはこのとき、私自身も気づいていない何かを感じていたのかもしれない。

万感の想いを乗せて、いよいよ決勝レースが始まろうとしている。予選を勝ち抜いた四十八人の選手たちが、スターティンググリッドに並ぶ。スタートを示すランプが赤に変わり、緊張とエンジン音がピークに。そして次の瞬間。

シグナルが青へ！

けたたましい音と共に、四十八台のオートバイが一斉にスタート。いつも通り、私のスタートは上手くいき、一周目を二十位前後で通過。いつも通りピットレーンでは、彼女がサインボードを出してくれている。前には政の背中も見えている。マシンは絶好調。私は前に出ることだけに集中した。このレースは、高校の同級生の箕浦も見に来てくれていた。ＫＯＨＳＡＫＡの仲間やナカジを中心にした耐久の仲間たちは、Ｓ字コーナーといわれているスタンドでレースを見ていた。彼らが見守るなか、レースは二周目から三周目に入っていく。政は次々と順位を上げていく。私も負けじと順位を上げていった。私は、レース前に予め決めていたＳ字コーナーを含む東の区間の勝負所で仕掛けていく。当然この区間で、前のライダーを抜くことが多かった。

そしてレースが四周目に入ったそのとき……。

運命の瞬間を迎える。

S字コーナーの勝負所で、前のライダーを抜こうとしたその瞬間、そのライダーのマシンと私のマシンが接触。私はコースの外に飛び出し、真っ正面からタイヤバリヤに激突。私の身体はタイヤバリヤの下に入り込み、そのまま意識を失う。

そして、肺と心臓が動きを止めた。

第二章　奇跡の生還

死の淵

一九九六年十二月八日十五時。

鈴鹿ロードレース選手権GP125クラス決勝がスタート。

四周目に私は前走車と接触し、タイヤバリヤに真っ正面から激突した。身体はタイヤバリヤの下に入り込んだ。救急隊の叫び声が、私の耳に飛び込んで来る。

「出て来られますか？」

私は必死にその呼びかけに答えようとする。

「……」

えっ？

声が出ない！

救急隊の声は聞こえる。自分の身体がタイヤバリヤの下に入り込んでしまっている状況は、すぐに理解できた。まずはここから出なくては！

何？

何が起きた？

私は這い出ようと試みるも、手足がまったく動かない。その直後、息もできなくなり、私はそのまま意識を失った。

そのころ、ナカジやKOHSAKAの仲間や箕浦、そしてサインボードを出してくれていた彼女は、転倒したのが私だと場内アナウンスで知る。コース上では救急車が到着し、私が運ばれていく。それを見たみんなは、サーキット内の救急センターへ急いだ。レースが続くなか、私は救急センターへ運び込まれた。みんながセンターへ駆けつけたときには、緊迫した空気が漂っていた。ドクターが懸命に心臓マッサージを行い、看護師たちが慌ただしく走り回っている。皆は一目で、私の容態がただごとでないことを悟ったという。

レースが終わり、政がピットに戻ってきた。彼自身自己最高の四位に入賞し、意気揚々と帰ってきた。しかし、ピット内の様子がおかしい。その直後、政は私の状況を知る。

私は意識がないままサーキット近くの病院へいったん運ばれた。しかし、その病院に救急患者を受け入れる施設はなかったため、受け入れ可能の病院を探さなければならなかった。したがって、私は受入先が見つかるのを院内で待つしかない。だが私の状況は、一刻の猶予も許されなかったのである。

実は事故の瞬間からここに至るまでに、すでに奇跡は始まっていて、その後も私は奇跡という糸に導かれながら進むこととなる。

事故直後、意識を失った私の身体をタイヤバリヤの下から引っ張り出してヘルメットを脱がせてくれたのは、コース上の救急隊員である。その方のとっさの判断がなければ、私の人生は大きく変わっていたのは間違いない。まさにそれは瞬間的な判断だった。その判断が【最初の奇跡】となる。

救急隊員の方がタイヤバリヤの下に入り込んでしまった私の身体を引きずり出した直後、私のヘルメットを脱がせる。その瞬間、私の頭は力なく転がるように横を向いた。

「首を折っている」

彼はそう瞬時に判断し、私の首にコルセット（鞭打ちなどの際に使用するタイプ）を装着してくれたのだ。この処置がなければ私の身体の状態は大きく変わっていたはずである。そのお陰で、私は首が保護された状態のままサーキット内の救急センターへ運んでもらうことができた。しかし、懸命に応急処置が行われても、私は意識を失ったままだった。救急隊員が何度心臓マッサージを行っても、私はまったく反応しない。

「即死かもしれへん」

救急隊員の誰もがそう呟いた。

救急センターへ運ばれた後も、引き続き応急処置が施される。しかし私の肺と心臓はまったく反応しない。このままでは、あと数分持たない切迫した状況だった。

その状況下で【二度目の奇跡】が起きる。

本来常駐していないはずの外科医のドクターが、この日は偶然救急センターに待機していた。そのドクターの判断で、私に呼吸器の管が入れられた。この処置がなければ、私は間違いなく即死だった。それにより私の肺と心臓は、再び動き始めたのである。意識も微かに戻り始めたのだが、はっきりと覚えている記憶はない。

私は何とか応急処置で一命を取り留めたものの、一刻の猶予も許されない状況であることに変わりはない。すぐにでもＩＣＵ（集中治療室）の設備がある病院へ搬送する必要があった。しかし、受入先が見つからないまま院内で待たされていた。付き添っていただいていた高阪さんやチームの仲間たちや彼女の顔色にも焦りが出始める。彼女は冷たくなった私の手を握り締めながら、祈るように私を見守っていた。そして苛立ちを隠せない高阪さんが、看護師の方へ訊ねる。

「まだ見つからないのですか?」

自ずと声が大きくなってしまう。

「懸命に探しているのですが、なかなか見つからないのです」

看護師の方々も、受入先を必死に探していた。しかし、午前中のレースでも大きな事故があったため、市内の大きな病院のＩＣＵは満室だったのである。皆の苛立ちはピークに達していた。

まさにそのとき、【二度目の奇跡】が起きた。

待たされていた病院の院長は、日曜日恒例の草野球に行っていて病院には不在だった。しかしその帰り道、用事はなかったのだが何となく自身の病院に立ち寄ったのだ。もちろん野球のユニフォーム姿のままで。それは本当に偶然という名の奇跡というほかない。
そこで初めて院長は、院内に救急患者がいることを知り緊急事態だと判断。大至急三重県津市にある三重大学の大学病院へ搬送するように指示を出した。鈴鹿から三重大学までは、車で四十分以上要する。そのためすぐに救急車が手配され、私は無事三重大学へ搬送された。大学病院のＩＣＵへ運ばれ、一命を取り留めた私の容態はいったん落ち着いた。

事故後の処理は、ＫＯＨＳＡＫＡの仲間たちが行ってくれた。余談だが、そこでのエピソードがある。サーキットのコース上に残された私のマシンをチームの仲間たちが移動させようとした際、地元の警察から動かしてはならないと制止されたらしい。死亡事故となった場合、現場検証を行わなければならないからである。しかしみんなは、「そんなことはあり得ない」と言って制止を振り払い、マシンをＫＯＨＳＡＫＡの店まで運んでくれた。その後も、車やマシンの事後処理を、すべてチームの仲間と高阪さんが行ってくれた。今も感謝の気持ちで一杯である。チームに所属することの大切さや、チーム

ＫＯＨＳＡＫＡの温かさが身に染みる。私はチームＫＯＨＳＡＫＡに所属していたことを、今でも誇りに思う。

厳しい現実

十二月九日、事故翌日、一命を取り留めた私は、ＩＣＵで少しずつ意識がはっきりしていく。意識は戻ったものの、自力で呼吸ができないため、呼吸器の管が入っていた。事故の一報を聞き、家族全員が病院に駆けつけた。両親、二人の姉にドクターから病状が伝えられる。

「一命は取り留めたものの、未だ予断を許さない状況です。どんなによくても車椅子で帰宅することになります。場合によっては寝たきりの状況になってしまうかもしれません。いずれにせよ、大至急自宅の改造に取り掛かってください」

母は涙ながらに訴えた。

「奇跡はないのですか？」

ドクターは興奮気味に即答する。

「何もないことが奇跡なのですよ！　息子さんの怪我はそのレベルです」

ドクターのこの言葉に、家族全員が絶句した。あまりに突然の出来事だったため、皆の腰が抜けてしまうような衝撃だった。しかし、それは当然だろう。当日の朝まで元気にしていた私が、変わり果てた姿で寝ていたのだから……。

ドクターの説明の通り、私は一命を取り留めたこと自体が奇跡であった。なぜなら一般的に首の骨を骨折した場合、ほとんどは即死となる。事実、私は心肺停止状態だった。さらに脊髄は一度傷が付いてしまうと蘇生することはないと医学ではいわれていた。以上の状況から判断すると、そのときのドクターの説明は正しい。それでも家族全員、奇跡を信じずにはいられなかった。だから、自宅の改造は、もう少し病状の経過をみてからにしようという意見で一致した。

そのときのドクター、三重大整形外科主治医、笠井裕一先生との出会いが【四度目の奇跡】となる。なぜなら笠井先生に出会えていなければ、その後の奇跡は完全に途絶えてしまうからである。

そのころ、私は自力で呼吸ができないため、喉に呼吸器の管が入れられていて声が出せない。だから「あいうえお」と書かれた五十音のボードを使い、看護師の方へ自分の意志を伝えていた。私はそのボードを使って看護師の方へ、あるメッセージを送る。

「し・に・た・く・な・い」

看護師の方も、涙を浮かべながら力強く答えてくれる。

「絶対大丈夫だから！」

ＩＣＵでは懸命な処置が続けられた。

精密検査により、私の身体の状態が明らかになっていく。

第三、四頚椎の粉砕骨折。

同時に脊髄も、当然相当なダメージを受けている。事故後の心肺停止は、それが原因と判断された。脊髄の損傷具合は、この時点では確認不能だった。壊死《えし》という白い影が出ていて、ＭＲＩでは確認できなかったからである。

精密検査を続けていくなかで、【五度目の奇跡】が発覚する。

それは、これだけの大怪我を負っていながら、怪我の個所は奇跡的に首だけだったのである。常識的に考えて、これほど首に負荷が掛かった場合は鎖骨や肩など、別の場所も骨折しているはずである。しかし私の場合、首以外に異常は見られなかった。仮に他の場所も骨折などをしていた場合、大幅に首の治療が遅れてしまう。まさに奇跡というほかないと、笠井先生は私たち家族に説明した。とはいうものの、自発呼吸ができるようになるかどうかが、最初の大きな鍵となる。戻らなければこれ以上手の施しようがない。事故後、彼女はずっと私のそばに付き添ってくれていた。彼女と家族全員は、祈るように私を見守った。

事故から三日後……。肺と心臓の動きが安定してきた私は、少しずつ自発呼吸を取り戻し始めた。そして、呼吸器の管を外しても大丈夫な状態になることができた。

呼吸器を無事外すことができたため、さっそく今後の処置方法が検討される。首の手術を行うか否か方法は二つ。

・骨折している首の骨を金具で固定する手術を行う。
・ハローベストという器具で首を固定し、自然に首の骨が繋がるのを待ち、手術は行わない。

それぞれの選択にメリット、デメリットが存在する。手術を行う場合、非常にデリケートな場所のため、大きなリスクを伴う。少しでも神経を傷つけてしまった場合、命の危険さえある。しかし、一日も早く骨を繋げてリハビリを開始した方がよいのは明らかである。逆に骨が繋がるのを待つ場合は三か月以上必要とするため、即座にリハビリを始めることはできない。しかし手術のリスクはない。充分な協議の結果、手術は行わないことに決まった。

私の頭は、ハローベストという器具（円形の器具で四方向から頭をボルトで固定し肩と繋げるもの）で完全に固定され、首はまったく動かない状態となった。身体に入っていた管の数は減り、ＩＣＵから一般病棟へ移ることができた。あとは首の骨が繋がるのを待つだけである。私の父は、このハローベストで固定されている私の頭を見て卒倒しそうになっていた。なぜならボルトで頭に器具を固定するため、頭から血がにじんでいたからである。

その後、笠井先生から私の両親へ厳重注意事項が告げられた。

「絶対に彼の前で不安そうな素振りを見せないで、できる限り明るく振る舞ってください。彼は今、非常に不安定な精神状態です。おそらく不安で仕方ないと思います。もしも周りの人が同じように不安がってしまうと、彼をより不安にさせてしまいます。自分の将来を悲観し、自らの命を絶ってしまう例も少なくありません。確かに、彼に突きつけられている現実は厳しいものです。しかし、だからこそ彼の前での振る舞いには充分注意してください」

こう告げられた両親を含む家族全員は、目一杯私の前では明るく振る舞ってくれた。現に私は不安に苛まれることはなく、どちらかというと、ケロッとしていた。まだ自分が置かれている状況が、よくわかっていなかったのかもしれない。そして、常に隣にいてくれる彼女は、精神的に私の大きな支えとなっていた。こうして私は、周りの人に支えられながら奇跡という運命に導かれていく。

このころ、私の身体は、手足はまったく動かず、どこに何があるのかもわからない状態。目で見て確認しなければ、自分の手足がどの方向を向いているかさえわからない状態だった。一般病棟に移ってからは、たくさんの友人がお見舞いに来てくれた。一緒にレースを走っていた政も駆けつけてくれた。彼は私の状態を見て、一目で一大事だと悟ったようだ。お互い涙を浮かべながら言葉を交わしたのを覚えている。私が政に語り掛ける。

「俺はもう無理かもしれないけど、政には才能がある。俺の分も絶対頑張ってくれよ」

政も力なくそれに答える。

「うん……」

お互いの瞳には涙が浮かんでいた。誰しも、そのときの私の状態を見て絶望感を感じたと思う。しかし、それでもまだ私は、自分の置かれている状況をよく把握できていなかった。本当に自分の現実を思い知らされるのは、まだずいぶん先である。ただし直感的に、自分はもうレースを引退しなければならないことだけはわかっていた。

人の身体というのは、数日間何もしないだけで筋肉は固まってしまう。そして一度固まってしまった筋肉をほぐすのは至難の業である。だから私の身体の筋肉が固まってしまわないように、みんなが懸命に身体をほぐしてくれた。しかし、首から下はまったくわからない。手足を持ち上げてもらわなければ、存在していることさえわからない状態だったのである。

告げられた事実

一般病棟に移り二、三日経ったころ、笠井先生からある提案が上がった。名古屋市港区の中部ろうさい病院に転院したらどうかという話である。理由は二つ。

一つ目は三重大学のある三重県津市から名古屋の自宅までの距離である。片道百キロ以上の距離。高速道路を使っても一時間半以上を要する。皆が毎日通うには、あまりに遠すぎる。二つ目は笠井先生の学生時代の先輩が中部ろうさいで整形外科のドクターをしていて、紹介できるというのである。

笠井先生の提案に、私の家族は全員快諾した。一つ目の理由が、私や家族、そして事故後毎日病院に来てくれていた彼女にとって願ってもない話だったからである。毎日の看病は本当に大きな疲労を伴う。それに加え長距離の移動は疲労を倍増させてしまうため、みんな強い不安を抱いていた。

しかし、実はこの二つ目の理由が【六度目の奇跡】となる。

後にわかることなのだが、この中部ろうさいの整形外科のドクターが、日本でも有数な脊椎の手術の名医だったのである。もちろんその時点で、私たちはそんなことを知る由もなく転院の準備を始めた。

導かれるようにすべての奇跡が繋がっていく。

十二月十七日、小雪交じりの寒い日。私は三重大学の大学病院から名古屋の中部ろうさい病院へ転院した。三重大学を出発する日の朝、四日市在住の親戚が手伝いに駆けつけてくれた。病院の正面玄関前で救急車を待っていたのだが、ストレッチャーに寝かされ毛布一枚で待たされている私の姿を見て、涙を浮かべたという。二十六歳の若者の将来を考えると、悲観的にならない方が無理な光景だからだろう。しかし、当の本人は、首から下の感覚がまったくないため寒いのかどうかわからないうえ、自分の置かれている状況をまったく理解できていなかったため、いたって冷静であった。しばらくして救急車が到着し、私は中部ろうさいへと向かった。

二時間ほどで中部ろうさい病院へ到着。ここでの主治医は、加藤文彦先生と湯川泰紹先生に決まる。到着後すぐに湯川先生から二つの説明があった。まず一つ目の説明。

「手術を行います」

三重大学では手術を行わない方針だった。しかし中部ろうさいでは、まったく逆の方針が告げられる。その理由として、ここでは頚椎の手術は何度も行われていて珍しくない。したがって大きなリスクは伴わないというのである。それよりも、一日も早くリハビリを始めることの方が、はるかに重要だと説明があった。二つ目の説明は、

「歩くことは忘れなさい」

あまりに衝撃的な一言だけに、私は頭の中でこの言葉を変換することができなかった。

湯川先生の説明は続く。

「あなたの怪我はそのレベルです。骨を繋げる手術は可能です。しかし、あくまで骨を繋げるだけで神経を回復させるわけではない。だから一日も早く手術を行って骨を固定し、できるだけ早くリハビリを始めて、車椅子で生活できるレベルまで回復させよう」

同じ説明は私の両親にも伝えられ、ここでも即座に自宅の改造を行うように指示があった。

【六度目の奇跡】は、この加藤、湯川両先生との巡り合いである。

もともと私の家族は全員、私がオートバイのレースに出場することに反対していた。

特に父は、私がレースに出ることに大反対だった。私が大学四年のころ、本格的にレースに出始めた際、猛烈に反対され大喧嘩になった。家出同然で家を飛び出し、大学の同級生だった日比に迷惑を掛けたこともあった。しかし、今はそんなことを言っていられない。父も含め家族全員で、私を全力でサポートしてくれた。

一筋の光

転院してすぐに、手術の準備が急ピッチで進められた。手術の詳細が湯川先生から両親へ説明される。

「手術自体はそれほど難しくはありません。第二頚椎と第五頚椎をチタンプレートで固定します。チタンは骨と馴染みやすいので、術後もそのまま取り外さなくて大丈夫です。しかし、何度も説明する通り神経を蘇生させるわけではありません。手術が成功しても、手足が動くようになるわけではないのを充分理解してください」

両親は湯川先生の言葉を渋々受け入れ、手術の同意書に署名した。このときの先生の説明は正しい。なぜなら社会復帰を果たすために、当時の私に不用意な期待を持たせるのは明らかに逆効果となるからである。それほど、私の状況は深刻だったのだ。

十二月二十四日、雪が降るなか、病院近くの名古屋港シートレインランドではクリスマスの花火が上がる。世間はクリスマスムード一色。この日、クリスマスイヴに手術は行われた。

八時間に及ぶ手術は大成功に終わり、私の首はチタンプレートで完璧に繋げられた。湯川先生の大きな呼び声で、私は目を覚ます。全身麻酔から身体が解けていき、意識がもうろうとしながら自分の病室に戻ってきた。そのまま深い眠りにつく。

翌日になり麻酔が切れ始めると、首の激痛との闘いが始まる。首の周りが焼けるように痛い。痛いというより真っ赤に熱した鉄を首の中に入れられているような感覚。どんな痛みか上手く表現できないくらいの痛みに数日間苦しんだ。痛み止めもまったく効かない。しかし、しばらくすると少しずつ痛みは和らいでいく。

湯川先生から術後の経過報告があった。

「無事骨は繋がりました。このまま順調にいけば、年明けすぐにでもリハビリを始められます。しかし、何度も説明するように、骨を繋げただけで神経を繋げたわけではありません。過剰な期待は逆効果です」

ここでも再度釘を刺された。両親は渋々答える。

「心得ています」

湯川先生の説明は続く。

「本当の闘いはこれからです。少しでも回復できるように息子さんを支えてあげてください。何とか車椅子で帰宅できるように頑張りましょう」

両親は力を込めて答えた。

「わかりました」

手術後の結果に、家族全員と彼女は、ホッと胸を撫で下ろした。先生の説明を何度も受けたが、その話を鵜呑みにできない家族は、それでも全員奇跡を信じていた。

「ドクターというのは、常に最悪のケースを想定して患者や家族に説明する。不用意に期待を持たせる表現は、絶対に避けるはずである。だから、まだ諦めるのは早すぎる。とにかく奇跡を信じて頑張ろう」

これが当時の家族全員と彼女の合い言葉だった。しかし、相変わらず私の身体はまったく動かないうえ、何も感じない。手足がどこにあるかさえわからなかった。だが手術後、わずかな変化が私の身体に起きた。

ピクッ、ピクッ……。

何と、左手の中指がわずかに動くのである！

本当にものすごく小さな変化だった。しかし、私たちにとって、とてつもなく大きな希望の光となる変化だったのである。まったく動かない私の身体に、微かな光が差し込んだ瞬間だった。

このころの私は身体を自力で動かせないため、寝返りはおろか身体をずらすことさえできなかった。しかし、家族と彼女の懸命な努力で、床擦れを作ることなく年を越すことができた。床擦れを起こしてしまうと、今後の治療に大きな弊害をきたすのである。わずかな可能性を感じていた家族は、懸命に私を支えてくれた。そして、私は必ず歩いて退院すると、彼女と固い約束を交わした。私たちは今後に期待を膨らませながら新年を迎えた。わずかな光を確実に感じながら……。

開かれた希望の扉

一九九七年一月、待ちに待ったリハビリ初日を迎える。手の部門（作業療法士）と足の部門（理学療法士）に分かれてリハビリは始まる。手の部門は中村恵一先生、足の部門は横井克佳先生が担当。

この二人の先生との出会いが【七度目の奇跡】となる。

リハビリ初日、私は横井先生に自己紹介した。そのとき、横井先生から質問をされた。

「どこまで治したい？」

私は即答した。

「歩いて帰ります！」

先生は眉間にしわを寄せながら言った。

「道は険しいぞ？」

さらに私は即答する。

「望むところです！」

このとき、私たち全員は必ず歩いて帰ることができると信じ切っていた。まったく根拠はなかったのだが、私自身それ以外は何も考えられなかった。私の頭の中は「必ず歩いて帰る」という決意だけが、百パーセント占めていた。まったく疑う余地はなかったのである。もちろん、私のそのときの精神状態は、家族の支えで成り立っていて、彼女との固い約束も大きな自信の源となっていた。私たちの並々ならぬ決意は、横井先生にも伝わった。

先生はカルテを予め確認していて、私が歩いて帰ることのできるレベルではないことを充分過ぎるほど認識していた。しかしこのとき、やれることはすべてやろうと先生も決断してくださったそうだ。退院後に聞いた話だが、リハビリという過程のなかで、先生が力をかせる割合は二、三割だという。残りは患者側の気持ち、つまり患者の「やる気」にかかっている。当時、初めて言葉を交わしたときの私は、真剣そのものだったそうだ。その姿勢を見て、可能性があるかもしれないと思ったという。もちろん全力でリハビリを頑張ったからといって、望み通りの結果が得られるわけではない。むしろその逆で、どんなに頑張っても希望通りにならないケースがほとんどなのは事実である。

いよいよ足のリハビリがスタート。まずは斜面台といわれるベッドのような台の上で、少しずつ体重を加えていく。支えられるギリギリのところまで負荷をかけ、足の状態を見ながら訓練は繰り返された。手のリハビリも同時にスタートする。左手の中指がわずかに動く程度だったため、手を吊るして肩に力が入るかどうかを見ながら進められた。歩くというのはまだ夢のまた夢のレベル。しかし、リハビリはまだ始まったばかり。焦ることはない。

そのころ、同じようにリハビリを行う患者さんのなかで、ある若い男の子が目に止まる。彼もまた、私と同じ首の怪我で入院していたそうだが、スタスタと歩いている。その彼の姿は、私に強烈な印象を植え付けた。彼の歩く姿を脳裏に焼き付ける。そして何度も何度もイメージする。彼にできて私にできないわけはない。そして私は誓った。

「必ず彼のように歩く」

桜の咲くころには必ず歩いて帰ると……。手の担当だった中村先生は、私のこの暴言に近い決意を聞いて苦笑いしていた。しかし、「やる気があることは素晴らしい」と励ましてくれた。まずは焦らずできることをやっていこう。

劇的な進歩

リハビリを開始し、私の身体はハイスピードで回復していく。両親はもちろん、二人の姉と彼女は毎日病院に駆けつけ、全力で私をサポートしてくれた。その甲斐もあり、最初の一週間で、すぐに変化が出始める。中指がわずかに動く程度だった左手は、指全体が動くようになってきた。足にも大きな変化が起き始める。左足がわずかに浮かせられるようになり、親指が動くようになった。まったく動かなかった私の身体に、次々と変化が起き始めた。まるで全身に命の息が吹き込まれていくように……。次々と変化が起きるなかで、私はリハビリを進めたい一心で毎日を過ごした。

そして同部屋の方にも恵まれた。私がいたのは二人部屋で、共に闘病生活を送っていた方は交通事故で大怪我を負った。九死に一生を得たのは私だけではない。その方は自動車事故で車両は大破し車内に閉じ込められた。そして、事故の衝撃の際に首や脚の骨を骨折してしまい、脊髄に損傷を負ってしまう。しかし、車外に放り出されなかったことが幸いし、一命を取り留めたそうだ。私は、奇跡的な体験をした同じ境遇の方と触れ合うことで、たくさんの勇気とパワーをいただいた。いろいろな会話をしながら、お互いの状況を共有し励まし合ったり、回復具合を報告し合ったりして競い合ったこともある。そして、私が入院していた病棟にいる患者さんのほとんどは、脊髄損傷などでリハビリを必要としている人たちである。全員様々な境遇をくぐり抜けて入院していた。スノーボードをしていて雪崩に巻き込まれながら一命を取り留めた方や、知り合いの車の助手席に乗っていて交通事故に遭い、車両は大破したにもかかわらず奇跡的に助かった方など。いろいろなエピソードを聞いているうちに、自分の状況が特別ではないことに気づかされた。ここでは皆同じ。それぞれが、各々の想いを抱きながらリハビリに励んでいる。その環境が、さらに私の背中を押した。

リハビリは平日に一日二時間行われる。しかし、それだけでは物足りないと感じていた私は、病室に戻ってからもその日行ったメニューを繰り返し復習した。横井先生は、私の性格を見抜いていたのか、「オーバーワークは逆効果だから頑張り過ぎないように」と強く忠告。しかし、私はいても立ってもいられない心境だったため、こっそりと身体を動かし続けた。

リハビリを始めて二週間が経過。明らかに私の身体に変化が起き始める。左手は肩に力が入るようになり、左足は少しずつ踏ん張れるようになってきた。しかし、副産物も出てくる。身体が動き始めると同時に、左半身が焼けるような痺れに襲われ始めたのだ。主治医の湯川先生の説明では、神経が戻り始めると同時に感覚も戻り始める。そのときに痺れを感じるのだという。痺れを感じるのはよい傾向なのだそうだ。この痺れは十四年以上経った今も変わらない。しかし人間の順応力はすごいもので、痺れ自体は変わらないのだが、今ではあまり気にならないのである。

痺れと闘いながらリハビリを続けていく。リハビリ開始から三週間目に入った辺りから、さらに変化は大きくなっていく。左手は指先が動き始め、物が掴めるレベルまで回復。指先に神経を集中する訓練を繰り返した。動かなくても「動かそう」と脳から司令を送ることが大切。初めは動かなくても、残っている神経で動かせるようになる場合があると、横井、中村両先生は私を力強く後押し。足は両足で自分を支えられるまでに回復。斜面台を卒業し、平行棒で立つ練習を始める。車椅子から立ち上がる訓練も始まった。最初のうちは立ち上がっても水の上に立っているような感覚で、非常に不安定で自分一人で立つのは困難だった。しかし、すごいスピードで回復している私の身体を見て、横井先生は常に少し厳しいメニューを私に要求してくる。そのときの自分では、勇気を持たないとできないメニューが繰り返された。だから私にとって、毎日のメニューが恐る恐る挑戦するリハビリの連続だった。しかしそのお陰で、手足は目覚しいスピードで回復していく。

リハビリを始めて三週間が経ったころ、私は原因不明の高熱に襲われた。リハビリは急遽休みとなるのだが、せっかく動き始めた手足の訓練ができないのは悔し過ぎる。私は抑えられない苛立ちを、母や姉にぶつけて困らせてしまう。しかし、どうしようもない状況であるのは、誰の目にも明らかだった。熱が下がるのを待つしかない。あまりの悔しさに、看護師の方へ涙ながらに訴えたのを憶えている。

「冗談じゃない！　リハビリに行かせてください！」

興奮すると、高熱により目眩に襲われる。

「そんな状態でリハビリはできません。気持ちはわかりますが、今はとにかく熱が下がるのを待ちましょう」

悔しさを噛み締めて、私はベッドで横になる。幸い二日ほどで熱は治まり、リハビリを再開することができた。

両足で自分を支えられるまでに回復。横井先生と。

避けられないハードル

日々進歩していく私の身体を見守る家族と彼女の心は、希望の光で満ち溢れている。見えてきた可能性に皆やる気全開、気持ちは一つになっていた。しかし、そのころの私にとって大きな問題が存在した。それは排泄について。排尿、排便共自力でできないため、尿はカテーテルという管を入れて排尿し、便は指で掻き出す。神経が戻り始めている私にとって、これは大問題だった。なぜなら排泄のたびに、激痛と闘わなければならないからである。これを自力でできるようになるのが、私にとって最大のテーマだった。

排尿の際に使用するカテーテルという管の使い方を、看護師の方が家族に説明する。退院後、家族が行えるようにする必要があるからである。

「まず手を消毒して管を取り出します。そして管にオイルを塗り使用します。それから管を持って……」

しかし、家族は誰も聞いていない。

「……」

家族全員上の空。みんなその説明を聞く気はなかった。なぜなら、必ず自力でできるようになると全員信じていたからだ。しかし、その家族の態度は、看護師の方々を困らせてしまったのは言うまでもない。そんなある日、副師長に言われた一言が、私たちに勇気と希望を与えてくれた。

「痛いというのは感覚が戻ってきている証拠。感覚が戻っているということは、自力でできる可能性が大きい。だから頑張ろう」

この言葉を支えに、私たちは頑張ろうと心に誓った。

一月下旬になると、いよいよ回復のスピードは増していく。左手に続き右手も動き始める。左手は腕を支えられるようになり、物を持てるまでに回復してきた。右手もそれを追うように動き始める。今度は、右手の指先に神経を集中して指先を動かす訓練を繰り返した。足はさら進歩が著しい。ベッドから車椅子に自力で乗り移ることができるようになっていた。それまでは、自分の身体を足で支えられないため、リフターといわれる機具で身体を吊るして車椅子に乗り移っていたのだ。

「脚力がこれだけ戻ってきているのだから、排泄も必ず自力でできるはずだ」

横井先生は私たちに直接説明しなかったが、心の中でそう確信されていたらしい。このころから、横井先生は頻繁に私をトイレへ連れていくようになる。目的は自力排尿の訓練。しかし、なかなか自力ではできない。根気よく訓練は続けられた。足がこれだけ動くようになってきたので、必ず排尿も自力でできるようになると、私たちも確信し始めていた。足の状態は平行棒の中で、自力で立てるまでに回復。次は、一歩前に足を出す訓練が繰り返された。その後もリハビリは続く。

土曜日と日曜日、リハビリは休み。休日にはたくさんの友人がお見舞いに来てくれた。友人たちとの会話が、私にさらなる勇気を与えてくれる。一緒にレースを走っていた政は、毎日のようにリハビリに励む私に会いに来てくれた。彼との会話は、私にとって大きな力となった。大学時代の友人である日比や青木を中心とした仲間たち、職場の仲間たちや高校時代の友人である箕浦と森くん、レース関係の友人たち、たくさんの友人が病院へ駆けつけてくれた。箕浦がお見舞いに来てくれたある日、彼はこんな話を私にしてくれた。

「こういうときに駆けつけてくれる人が本当の友人。だから、お見舞いに来てくれた人たちはしっかり覚えておけよ！　もちろん俺のこともね」

私は心を込めて答える。

「もちろんだよ」

ありがたい一言だった。この言葉は、今も私の心に刻み込まれている。鈴鹿サーキットのコース上で、私にコルセットを着けてくれた救急隊員の方も、お見舞いに来てくれた。彼は私が元気になっているのを見て本当に喜んでくれた。たくさんの方々に支えられ、私は身体を回復させていく。心から感謝の気持ちで一杯だった。

リハビリを開始して約一か月後、いつものように、私はトイレで排尿の訓練を行っていた。その瞬間、ふいに尿が勢いよく出てきたのを感じた。

「やったー」

思わずトイレで叫んでしまう。ついに自力で排尿することができた。やっと、あの管の痛みから解放されるのだと思うと、飛び上がりたい気分だった。このときの嬉しさは、今も明確に覚えている。清々しい解放感と達成感で胸が一杯だった。それほど私にとって、この問題は深刻だったのである。

その後、排便も自力で行うことができるようになり、排泄の問題はおおかた解決した。

桜の木の下で

リハビリは順調に進み、左手は肩の強化と箸を持つ訓練が始まる。もともと私は右利きだったのだが、明らかに左手の方が回復は早い。それを見て中村先生は、左利きにする必要があると即座に判断。入院中に私は左利きに矯正された。そのお陰で、今ではまったく問題なく字も書けるし箸も不自由なく使うことができる。最近ではもともと左利き？と聞かれるほどである。中村先生の判断は適確だった。

足も順調に回復を見せる。平行棒の中で、何とか歩くことができるレベルになった。常に一歩先のハードルを要求する横井先生は、しゃがむ訓練を始める。最初は大きな箱に腰を下ろし、そこから立ち上がるのである。それができると箱を小さくしていく。箱が小さくなれば当然難易度は上がる。その訓練を繰り返した。

このころから、私を苦しめる新たな敵が現れる。それは痙性《けいせい》という痙攣《けいれん》のような身体の異常反射。医学的に痙性と痙攣はまったく異なるらしい。どんな現象かというと、脳の司令が正常に体へ伝わらないため、自分の意識に関係なく身体が勝手に異常反射するのである。このことに関しては次章で詳しく触れる。身体が動き出すと同時に、この痙性も強くなっていった。私は現在もこれと闘っている。痙性を抑えるため、足に器具を付けて歩く訓練を繰り返した。ストレッチを入念に行って筋肉を柔らかくし、痙性が出難い状態でリハビリは進められる。身体が温まっていなかったり、筋肉が縮こまっていたりするときは痙性が出やすいのである。

二月中旬には、しゃがんだ状態から立ち上がることができるまでになった。歩行器を使えば歩くことができるレベルである。休日には、食堂の机に掴まり、歩く訓練を繰り返した。歩けるようになると、すぐに階段の訓練に入った。

「もう階段？」と思ったのだが、これが常に一歩先をいくいつものパターンである。階段は予想以上に難しい。足を前に出せるようになったものの、一段上に足を上げると一方の足で全体重を支えなければならない。当たり前のことだが、歩くこと以上に難易度は高い。できるまで繰り返し訓練が続く。そして、上りより下りの方がはるかに難しいと気づく。なぜなら片足で全体重を支えながら、段から落ちてしまいそうな恐怖と闘わなければならないからである。しかし、いちばん恐かったのは横井先生だったのだろう。私に万が一怪我を負わせてしまえば、全責任は自分が負わなければならないのである。だから横井先生自身、かなりの覚悟を持ってリハビリに取り組んでいただいていたのだと思う。

二月下旬には、「歩いて帰る」という目標が現実味を帯びてきた。手のリハビリも順調に進む。左手で箸が持てるようになり、右手は手を支えるレベルにまでなった。階段の訓練は、リハビリセンター内の模擬階段から病院内の階段へ場所を移す。一般の階段は、模擬階段と違い段差が高く傾斜もきつい。恐怖心に襲われながらも、「絶対大丈夫だ」という先生の言葉に支えられ、訓練を繰り返した。階段を下りるときの恐怖感は、今もはっきり覚えている。

三月に入ると、回復のスピードはさらに上がる。左手のリハビリは、字を書く訓練に移る。箸と違い字を書く難易度はかなり高い。最初はミミズが這うような字になってしまうが、字を書く訓練を繰り返した。足の訓練は階段から屋外へ移る。杖を使い歩けるレベルまでになった。砂場や石畳など足場の悪いところで訓練は繰り返された。脚力は日々強くなっているのを実感していた。

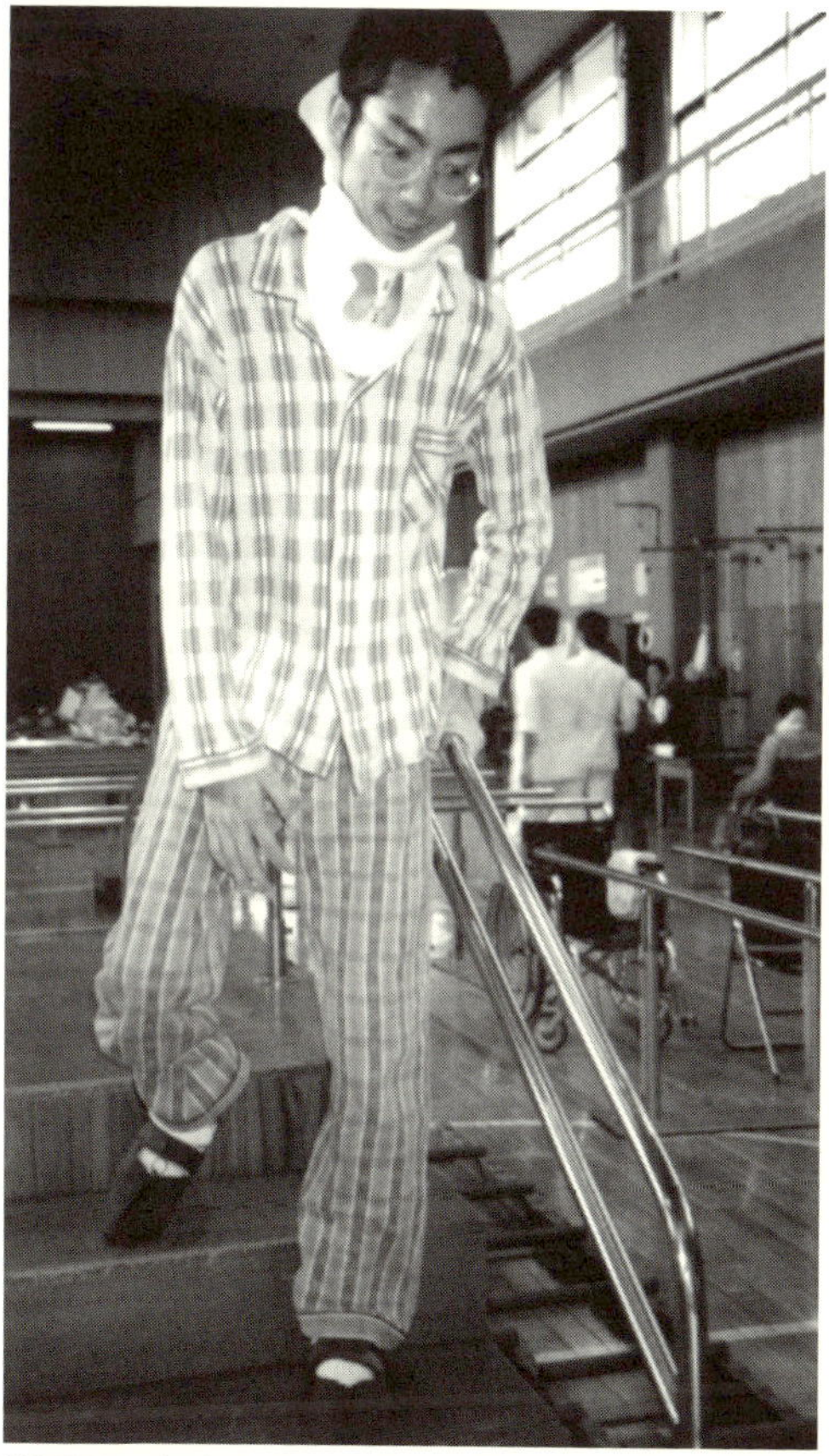

模擬階段で訓練中

三月中旬には、杖なしで何とかフラフラしながらも歩けるようになる。私の身体は、左右まったく違う感覚である。左半身は熱を感じることができないが、右半身は感じることができる。逆に左半身は、動きはよいが右半身は思うように動かない。足の裏の感覚も左右まったく違うため、歩くときにバランスをとるのが難しい。だから、目を閉じてバランスを取る訓練を行った。

三月下旬には左手で字を書けるようになった。このころからは、字を書くスピードを上げることと読める字で書けるようになるための訓練を繰り返した。基準になるのは、役所で通用する字とスピードで書けるかどうかである。少しずつ社会復帰への準備を始めていた。

そして私は、ついに自力でスムーズに歩けるようになった。桜の花びらが舞い散るなかで、自分の足で歩いている私がいる。今年の正月、心に誓ったことが現実になっている。彼女と交わした固い約束を果たすことができて、彼女も心から喜んでくれた。まさに夢のような現実がそこにあった。

奇跡は現実に存在する。本当にたくさんの方々に支えられて、私は歩けるまでに回復した。

退院へのカウントダウン

四月になると、ほとんどのことは自分でできるようになり、六人部屋へ移った。そこでの入院生活は、学生時代を思い出させるものだった。今でも付き合いのある友人に、このとき出会っている。この部屋は、若い人ばかりで修学旅行のノリ。私はもともと腕白坊主で、小学校のころはいつも先生を困らせていた。友だち同士でワイワイガヤガヤと盛り上がるのが大好きで、羽目を外して大目玉を食らうことも少なくなかった。歩くことができるようになった私は、闘病生活というイメージとは掛け離れ、本来の性格が顔を出し始めた。同室の友人たちと一緒に遊び回る日々が始まった。

ある日、隣のベッドの友人と消灯後病室を抜け出すためにベッドに細工をした。居酒屋へ出掛けたのだが、もちろんベッドの細工は看護師に見破られ、病院に戻るとドクターから呼び出しが……。

「規則が守れないのであれば強制退院ですよ！」

私は平謝り。

「すみません……」

とんでもない入院患者だった。病室内で誕生日パーティーを行ったときは、盛り上がり過ぎてさらに厳重注意。

「ここは病院なのですよ！」

病室中のみんなで謝る。

「ごめんなさい……」

大迷惑な病室だったと思う。しかし、みんなの顔は活き活きとしていた。ほかにもカラオケに行ったり水族館に行ったり。社会復帰の日が確実に近づいていた。

入院中、私は不思議な感覚を味わった。それは「お風呂」である。前述の通り、私の身体は左右まったく感覚が違う。右半身は温度を感じるが、左半身は温度を感じることができない。入院中初めてお風呂に入ったとき、すごく不思議な感覚に襲われた。右半身は温かいのに、左半身はよくわからない。なかなか面白い身体だと、我ながら感心した。

ドクターからは、ある注意事項が私に伝えられていた。それは子どもについて。私の右半身の動きが悪いのは内臓も同じである。したがって肺活量は一般的成人男性の三分の二ほどしかない。そして、精子の数も健常者と比べて当然少ない。だから子どもをつくるのは難しいかもしれないと忠告を受けた。しかし、動くようになった手足のことで頭が一杯で、子どもについての実感が持てなかったからかもしれないが、あまりショックは受けなかった。

四月二十五日、いよいよ退院の日を迎える。左手で箸を使えるようになり字も書ける。歩いて帰ることができる喜びに胸が一杯だった。しかし、退院する日の午前中に事件が起きる。ただでは退院できないわけだ。

排泄の問題は解決済みと前に書いた。しかし正確には完全に解決したわけではなく、感覚が通常より鈍い。だからギリギリになるまで便意や尿意がわからないのである。したがって便がゆるい日は要注意。その日の便は極めてゆるかった。退院する日だということもあり、私は朝から病院内を散歩していた。そして屋上を歩いていたそのとき、急激な便意に襲われトイレに急いだ。

しかし……間に合わなかった……。

そのままトイレに入り、個室から悲しくナースコールのボタンを押す。退院する日に、今後の教訓を学んだ。

一九九六年十二月八日の事故から約半年、清々しく晴れ渡った日。

生死の境をさ迷い、九死に一生を得た私は、ついに中部ろうさい病院を自分の足で歩いて退院することができた。

第三章　苦悩と迷いの日々

別世界

一九九七年四月二十五日。

私は奇跡的に歩いて自宅に帰ることができた。本当にたくさんの方々に支えられて歩くことができるようになった。一時は死の淵をさ迷い、車椅子生活を宣告されたにもかかわらず、歩いて帰宅できた。私は半年振りに意気揚々と自宅の玄関に入った。

しかし……。闘いは、ここからが本番だった。社会復帰し、新しい自分に脱皮する作業は想像を絶する。そして、目標を失ってしまった虚脱感は計り知れない。当時の私は、そんなことを知る由もなく、少しずつ社会の洗礼を浴びていく。

さらに退院直後、私に大きな事件が起きた。事故後、私を力強く支え続けてくれていた彼女が、私の元から去っていった。精神的に大きな支えであった彼女がいなくなるのは、当時の私に極めて大きな打撃を与えた。なぜ彼女が去ったのか、理由は簡単である。前章でも触れた通り、私が怪我を負った鈴鹿最終戦を最後に、私たちは別れようと話していた。しかし、私が大怪我を負う事故を起こしてしまう。別れ話はいったん収束し、彼女は私が立ち直るまでの間、全力で私を支えようと決断し実行してくれた。そして、私が立ち直るのを見届けると同時に、私の元を離れていったのだ。

私はオートバイのレースという人生の目標、そして精神的に大きな支えとなっていた彼女を同時に失った。その重大性を、少しずつ思い知らされていく。


私は、歩いて帰ることができるまでに回復したものの、身体障害者手帳を手にする。右半身には運動障害、左半身には感覚障害が残ったため、オートバイのレースはもちろん、職場への復帰もできない状況だった。私は事故当時警備員の仕事に従事していたのだが、現金輸送の仕事で肉体労働であるため、障害の残った身体では、元の職場へ戻るのは困難であった。

KOHSAKAへも退院後の挨拶に伺った。高阪さんやチーム員のみんなには本当にお世話になった。レースに復帰するのは無理だが、無事退院できたことを高阪さんに報告した。元気な姿で退院できたことを、みんな心から喜んでくれた。

退院する際、リハビリを担当していただいた横井先生に強く勧められたことがある。それは、この体験を本にすること。しかし、私はまったくの素人である。本を書くなんて雲を掴むような話。まして何を書いていいのか見当も付かない。だから、なかなか現実的には考えられなかった。しかし、「あなたの体験は多くの人に伝えるべきだ」という横井先生の言葉は、私の頭に残った。

かくして、障がい者としての人生一年目がスタート。一年目なので年齢でいえば0歳児。まだ何もわからない精神的にはよちよち歩きの状態だ。だから当時の私は、とにかく何かに付けて？マークの連続。赤ちゃんと一緒である。私は、その後少しずつ自分の置かれている状況を理解していくのだが、この時点ではまだ過去の記憶が強すぎて、なかなかそれを理解できなかった。

私は、退院してすぐに、従兄弟の隆之と一緒に母方の祖父のお墓参りに行った。実はそれには理由があった。事故直後意識不明になっていた私は、何度となく祖父の幻像を見ていたからなのである。私が中学生のときに祖父は他界したのだが、それまで私はものすごく祖父に可愛がられた。不思議なことに、私と祖父の誕生日はまったく同じ。しかも私が生まれたとき、何と手相も祖父とそっくりだった。きっと祖父と私には、並々ならぬ縁があるのだろう。

さらに、私の従兄弟である隆之は、私が事故をした当日のその時間帯、地元の神戸で映画を見ていたらしい。しかしそのとき、彼はしきりに首の痛みを訴えていた。不思議なことだが、彼は事故の数日前から私の異変を感じ取っていたようだ。何度も私に連絡を取ろうと試みるものの、携帯電話がまだ普及していなかった当時は、なかなか私と連絡が取れなかった。結局、彼はそれを私に伝えることなく、事故の日を迎えていた。だから彼は私の事故の一報を聞いたとき、あまり驚かなかったらしい。「やっぱり……」といった感じだったそうだ。入院中、お互いそのことを知ったので、退院できたら即座にお墓参りに行こうと、私たち二人は決めていたのである。祖父のお墓は徳島県にあり、私たちは数年振りにそのお墓を訪れた。その日は、まるで祖父が私たち二人を歓迎してくれているように、抜けるような青空。久し振りの鳴門の地を満喫することができた。そして私は、歩いて帰ることができたことを祖父に報告し、心から感謝した。

無事お墓参りを済ませた私は、少しずつ社会復帰を始めていく。しかし、当時の私はできないことをできないと認識するのではなく、なぜできない？と考えてしまう。だがそれに答えはない。なぜならそれが私の現実であり、受け入れるべきことだったからだ。なぜ?と考えると、底なし沼で深みにはまっていく。考え過ぎると精神的に壊れてしまいそうになる。過去の記憶と目の前にある現実のギャップが大きく、私にとってすべてが非現実的だった。

現実を受け入れるには、私はあまりに未完成過ぎた。

記憶の呪縛

退院しても即座に一般生活に戻ることができるわけではない。しばらくは通院が必要だった。私の自宅は名古屋市北区。中部ろうさい病院は港区にある。バスと地下鉄を乗り継ぎ、片道一時間以上の道のりだ。バスや地下鉄の乗り降りは当初困難を極めた。病院内は非常に整備された環境のため、歩くのに不便は感じない。しかし、公道や乗り物内は、院内とわけが違う。いたるところに段差があり、意識していなければ躓いて転びそうになる。通常はまったく気にならない小さな段差が、当時の私には、山登りに匹敵するほどに思われた。さらに、乗り物内での歩行は恐怖の連続。歩くのが精一杯である私にとって、動くバスや電車内での移動は曲芸そのもの。私の身体は左手足こそ比較的自由がきくものの、右手足は自由に動かすことはできない。乗り物内では、立っていることさえ困難なときもあった。

そして、私を苦しめたのは痙性である。私の身体はとっさに動こうとすると痙性が入り思うように手足を動かすことができず、ガタガタと痙攣のように手足が震えてしまう。さらに、足がつったような感じになってしまい、手足がピーンと勝手に伸びてしまう。だから乗るときも降りるときも、予めドア付近で待機して、急に動かなくて済むように工夫する必要があった。発車間際の電車に乗ろうとするときも同じである。

ある日地下鉄に乗ろうとして階段を降りていると、発車を知らせるベルが鳴った。

ジリリリリリー。

「○○行き列車まもなく発車します」

駅員のアナウンスが場内に響き渡る。私は乗り込もうと急ぐ。しかし目の前でドアは閉まり、電車は発車した。「記憶」という感覚では、間に合うタイミングだった。しかし、イメージ通りに身体は動かない。悔しくて情けなくて……。怒ってもまったく無意味なのは充分わかっている。しかし、その感情をコントロールするのは難しい。何気ない当たり前に行ってきた些細なことが、思い通りにできない。頭でわかっていても心がイライラしてしまう。どうしても過去の記憶と現実の身体の相違に苛立ちを感じてしまうのだった。

こうして私は、現実という洗礼を少しずつ浴びていく。この苛立ちは十四年以上経った今でも、ときどき出てしまう。

退院後の私は、車の運転免許証の見直しも必要だった。退院してすぐに免許の書き換えのため、運転免許試験場へ行った。期限の更新ではなく、内容の書き換えである。当時私の免許には、自動二輪と普通免許が記載されていた。しかし右手足の動きが鈍いため、自動二輪は取り消し、普通免許は四輪AT車限定（右足アクセル、左足ブレーキ）で、原付は不可となった。試験場の職員の方には、こう言っていただけた。

「将来身体が戻るかもしれないから、取り消す必要はないのだよ。これはあなたの権利なのだから、よく考えてみては?」

さらに、職員の方は私をオートバイの車庫へ連れて行き、試しに乗ってみるように勧めた。

「それだけ歩けるのだから乗れるだろ？」

私は躊躇しながら答える。

「はい……少しは……」

私は止まっているオートバイにまたがってみた。半年振りのオートバイの感覚だ。右半身が動きにくいものの、確かにアクセルやブレーキを改造すれば乗れるだろうと思った。だが、私のオートバイへの執着心は、それほど強くない。なぜなら私は、風を切り裂き、トップスピードでコーナーへ飛び込んでいくときの、背筋がぞくぞくする感覚に魅了されていたからである。したがって、レースに出られない現実が、私の決意を確固たるものにした。事故直後、レースから引退することを決めていた私に迷いはなかった。

そして、私は未練を残したくなかったため、自動二輪の取り消しを選んだ。今もこの決断に後悔はない。しかし、この日の帰り道、何ともいえない感情に襲われたのを、今でもはっきり覚えている。

今まであったものがなくなってしまう感覚。言葉では上手く表現できないが、自分であって自分ではない感覚。記憶の中にある自分が、現実の自分を全否定しているようだった。それは、新たな自分を受け入れなければならない最初の一歩だったのかもしれない。

世間の目

私は、退院後、お世話になった方々のところへ挨拶に伺った。そして大勢の方から心のこもった温かい言葉をかけていただいた。

「無事退院できて本当によかったね」

温かく迎えていただくたびに、感謝の気持ちで一杯になった。しかし、同時に違和感もあった。「よかったね」と言っていただくのは確かに嬉しい。しかし、そのときの私は、現状の自分自身をまったく受け入れることができていなかったため、心から嬉しいという気持ちにはなれなかった。そしてさらに、目標を失った虚脱感にも、少しずつ襲われ始めていた。そこには、どこへ向かって行けばよいのかわからない自分がいた。だから当時の私の笑顔は、きっと引きつっていたに違いない。歩いて帰ることができたことは、確かに喜ばしいことであり感謝すべきことなのだが、元の自分の身体でないことは間違いない。再びオートバイに乗り、レースに参戦することはできない。それが現実なのだ。それが故に、どうしても素直に喜べない自分がそこにはいた。

そんなある日、名古屋駅の構内を歩いていると、売店である本が私の目に飛び込んできた。乙武洋匡さんの『五体不満足』という本である。当時世間で非常に話題になっていた本だったので、私はとっさに購入し夢中で読破した。内容は周知の通り。私は、彼の感覚に衝撃を覚えた。彼は、自分自身の身体をこう表現している。「身体的特徴」。この感覚が、私の頭にハンマーで殴られるような衝撃を与えた。自分とのあまりの常識の違いに唖然としたのをはっきり覚えている。その時点で彼は二十歳くらいだったと思う。対して私の障がい者年齢は0歳。したがってお互いの常識に乖離があるのは当然だが、あまりの違いに受け入れ切れなかった。しかし、そのときを境に、少しずつ自分自身の受け入れ方のヒントを掴んだのも確かである。そしてこれをきっかけに、自分の体験を世の中に伝えるべきなのだとも思い始めていた。ただし、具体的に何をすべきなのかは、依然としてわからないままだった。

退院後、高校の同級生である箕浦がバイトを紹介してくれた。彼の兄が駐車場を経営していて、そこでリハビリがてらバイトしないかと誘ってくれたのである。私は、すぐにOKして働かせてもらうことができた。そして、何かを勉強したいと考えていたので、バイトをしながらパソコンの専門学校へも通った。通院しながらバイト、学校へ通う毎日を過ごす。バイト先ではいろいろなことが勉強になった。まずは字が予想以上に書けないこと。リハビリでは充分なスピードで書けていたのだが、いざ実践となるとなかなか上手くいかない。特に領収書には苦戦した。お札の数え方にも工夫が必要だった。私の右手は動きが鈍く、左手は感覚がない。思った以上にできない自分を見つけることになった。

これらの問題は、最初は大変だが回数をこなしていくうちに慣れてくる。慣れてしまえば大した問題にはならない。要は最初が肝心であり、勇気が必要なのだ。できるかできないかわからないことも、ほんの少しの勇気を持って挑戦してみれば造作もないことは、たくさん存在する。バイト先では、それを多く学ぶことができた。

専門学校でも多くの学びがあった。特に苦労したのは、授業の内容をノートに速く書き移すこと。リハビリでは自分のペースで字を書く練習をしていた。しかし授業では、自分のペースで書いていると間に合わない。したがって、字を書くスピードもかなりのペースを要求される。当時のノートを見返すとびっくりする。慌てて書いているため、ミミズが這うような字で、何が書いてあるのかまったくわからない。しかし、これもまた慣れなのだろう。数年後のノートには、同じスピードできちんと書けているのである。いろいろなことを学びながら、少しずつ世間に馴染む努力を続けた。

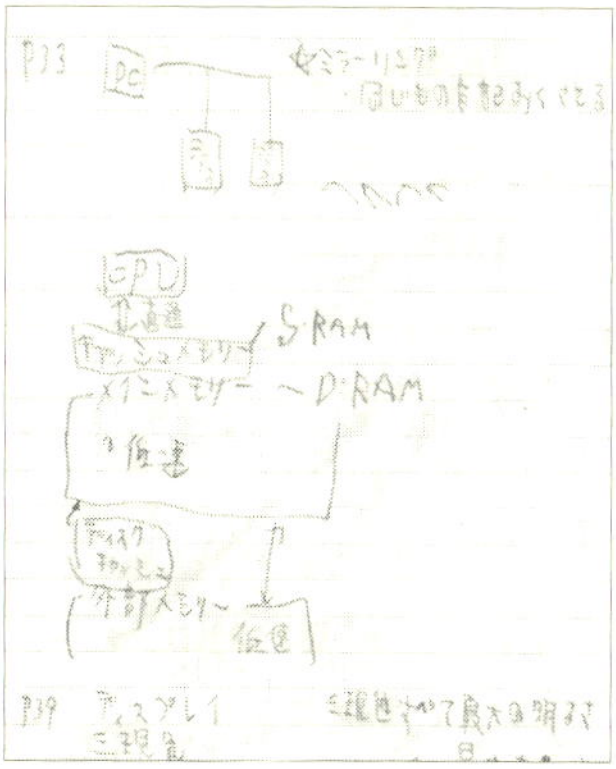

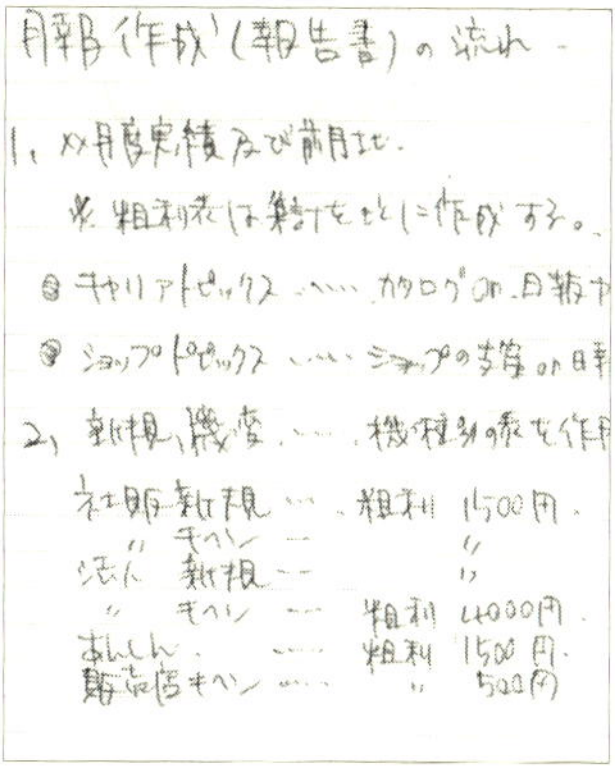

上　左手で書き始めたころのノート
下　数年後のノート

当時の私は、極端に人の目を気にしていた。なぜなら現実の自分をまったく受け入れることができていなかったため、自分を他人のように見ていたからである。だから、自分は他人からどう思われているのだろうと常に考えてしまう。怪我をする以前の私は、まったく考えなかったことである。自分自身の感覚にさえギャップを感じていたのだ。元の体ではない私は、街中を歩いているだけで人の目を気にしてしまう。バイト中や専門学校ではなおさらだ。そして、ついつい自然に振る舞おうと考えてしまう。たとえばバイト中に領収書へ記入する際、お客さんに声を掛けられる。

「書きにくそうだね？」

本当に悪気のない何気ない一言なのだが、その一言に胸をえぐられるような感覚をもってしまう。そして、やり場のない怒りを抑え込む毎日。そんな毎日なので、無意識のうちに障害があることを隠そうとする自分が強調されていく。しかし、この感情は、私をさらに追いつめる結果となる。今なら「誰も気にしてなんかいない」というのが答えだと理解できる。しかし、それは当時の私には、とうてい導き出せない答えだった。

どん底

レースという目標を失い、生きる目的を失った私は、徐々にその重大性を感じ始めていく。そして、精神的な支えであった彼女を失ったことが、追い討ちをかける。身体を動かす「スポーツ」という分野で自分の存在価値を見出してきた私にとって、思うように身体を動かすことができないという現実は、かんたんに受け入れられることではなかった。自分を支えてきた生き甲斐のすべてがなくなってしまった今、いったい何に向かえばよいのかまったくわからなくなっていたのだ。毎日に張りがなく、ただ生きているだけの感覚。自分の存在価値がわからず、すべてが非現実的に感じられる。さらに私を追いつめたのは、周囲の目を気にしてしまう自分。あたかも何かに脅えるように毎日を過ごしていた。私は目標を失い、そして自分自身をも見失っていった……。

入院中、私には様々な薬が処方されていた。そして退院後飲み切れなかった薬がたくさん残った。そのなかには夜寝るときに使う「眠剤」も多数あった。入院中は歩いて帰るという目標に向かって充実していたため、ほとんど眠剤を使うことはなかったのだ。

ある日の夜、私は自宅で寝ようとしたとき、もう一人の自分が囁いた。

「全部呑んで楽になれ」

衝動的に残っていた眠剤を全部呑んでしまう。そして私は静かに目を閉じ、通常ではない深い眠りについた。

翌朝になり、母が私の異変に気づき、激しく身体を揺らしながら叫ぶ。

「どうしたの？」

「信吾！　目を覚ましなさい！」

しかし、私はまったく反応しない。床に散らかっていた薬の空きケースを見て、母はすぐに状況を理解する。そして、大至急救急車を手配した。

私は、意識がないまま再び中部ろうさいへ運ばれた。体内に残った薬を出すため、大量の点滴が投与される。首の手術をしていただいた湯川先生から家族に説明があった。

「意識が戻らなければ、このままです。あとは本人次第です」

私の元を去った彼女も、事態の一報を聞きつけ病院に駆けつけてくれた。そして説明を受けた家族全員は、悔しさをにじませながら私を見守った。無理もないだろう。絶望の淵から度重なる偶然に助けられて奇跡的に回復できたにもかかわらず、その結果を無にしてしまう行動を、私がとってしまったわけだから。そして口々に、「何てバカなことをしたんだ……」と私に語り掛けた。

次の日の朝、私は自分を呼ぶ声に反応し、静かに目を覚ます。そして、そこが病院だとすぐに気づいた。皆は手を叩いて大喜びした。そこへ湯川先生が入ってきた。

「よかったですね」

家族全員に向かって温かい言葉を掛けた。反面浮かない表情をしていた私に、先生は喝を入れる。

「せっかく拾った命を粗末にするな！」

さらに続ける。

「冗談じゃないぞ！　そんなに要らないなら……」

先生は、言葉を詰まらせながら病室を出ていった。

湯川先生の言う通りであり、見守る家族や彼女には耐え難い事件だったと思う。実際病院内には私と同じように脊髄損傷を負い、リハビリに励んでいた方は大勢いる。しかし、必ずしも自身の思い通りに回復する方ばかりではないのが現実である。私のそのときの行動は、その方々の想いをも裏切る行為だったと思う。しかし、当時の私は、まったくその自覚すら持てずにいたのだ。わずか数か月前は歩いて帰宅することを目標に全力で頑張っていて、病院内も活き活きと動き回っていた。しかし、その同じ場所が、そのときはまるで違う場所に感じられていた。私は数日間病院で頭をゆっくり冷やしてから退院した。

なぜあんな行動をとってしまったのかは、未だにわからない。ただ一つだけ言えることは、私は間違いなく「自分を見失っていた」。現実を受け入れる云々の前に、自分が存在していることを自覚できていなかったのだと思う。存在価値も含め、自分がなぜそこにいるのかさえわからないことが辛すぎたのかもしれない。そのときの私は、全力で自己否定していたのは確かである。だから、とっさに衝動的な行動をとってしまったのだろう。今でも、あのときの自分を思い出すと胸を締め付けられる思いになる。しかし、だからこそ自分には何か役割があるのだと、今は強く感じている。

既成概念

再入院騒動が落ち着き、私は静かに自宅で療養した。そして世の中は本格的な夏を迎えようとしていた。

一九九七年夏、私は一つの問題を真剣に考えるようになる。それは自分の身体について。病院でも言われていたのだが、寒い季節は気をつけた方がよいと注意されていた。なぜなら寒さは痙性を非常に強め、場合によっては歩行が困難になることもあるというのである。だから私は冬を迎えるのが本当に恐ろしかった。

「冬のない場所で生活したい」

真剣にそう考え始めていた。私は気分転換も兼ねてバイトの休みをいただき、沖縄旅行へ出かけた。冬のない土地で生活する必要性もじっくり考えたかったのだ。沖縄へ行くのは生まれて初めて。本州にはない空気と南の島の匂いが私を迎えてくれる。一年を通じて暖かい日が続き、雪を見たことのない人々。解放感溢れる環境は、未完成な私を癒してくれた。真剣にここでの生活を考えた。しかし現実に生活するとなると問題は山積みであり、まったく別問題となる。決断しきれないまま、私は名古屋へ戻った。

実は冬のないところに住みたいと思っていたのは、歩けなくなるかもしれないという恐怖だけではなかった。もう一つ理由がある。それは「記憶」という現実から逃れたいという気持ち。私は名古屋で生まれ、名古屋で育った。だから、この街には至るところに「健常者の私」が存在する。要するに私は過去の記憶に、雁字搦めになっていた。実はそれが私を大きく苦しめていたのだ。どこを見ても健常者の自分を思い出してしまい、現実の自分と比較し悲観してしまう。だから生活拠点そのものを変えれば、この苦しみから解放されるのではないかと考えていた。しかし、それは、単なる現実逃避に過ぎないことに、後に私は気づく。自分自身を受け入れなければ、周りをいくら変えてもその「記憶」からは逃れられないのだ。こうして私は冬に脅えながら年末を迎えた。

さらに、このころの私は、ある既成概念にとらわれていた。「今の自分に肉体労働はできない」という既成概念。今までの自分は、身体を動かす仕事にばかり従事してきた。しかし、今は思い通りに身体が動かない。だからそう思い込んでいた。その思い込みが自分の選択枠を狭め、その後の自分を非常に苦しめる結果となる。実際、障害を理由に解雇されたこともある。職場では、敏速な行動や作業が要求される。会社という環境では大きな渦が動いているように仕事が進んでいくので、個々の事情は関係がない。だから流れについていけなければ、当然不要となるのだ。必然的に私は既成概念にとらわれ、次々と挑戦するのを戸惑ってしまうことになる。私は、いったいどんな仕事に就けるのかわからないまま毎日を過ごした。

自分自身を振り返り、できることから全力で挑戦していけばよいのだが、当時の私はそこまで考えるに至ることはできなかった。実際には、肉体労働もやってみればできることばかりだったのである。それは何年も先に気づくこととなる。当時の自分はできないと思い込み、新たな仕事に挑戦しようとしなかった。やればできるのに、やろうとしない自分がそこにはいた。これは今でも心底悔やまれる。

就職活動の際、私は自分の身体に関することを隠して面接を受けた。幸い一見、私の身体は障害があることがわからない。しかし、作業を行うとすぐにバレてしまう。それが職場で問題となる。そして、それが職を辞する原因となる。だから、それからは事前に障害があることを伝えるようにした。しかし、それはそれで、必要以上に職場の人たちからの偏見の目にさらされる。できることにもかかわらず、事前にストップが掛かってしまう。

「過剰な保護」

これは、私にとって強烈なストレスとなる。しかし、これは職場の人たちが悪いわけではない。周りの人たちは、私に何ができて何ができないのかわからないのである。私の「何ができるか」をアピールする力が足りないのだ。とはいうものの、それが難しい。この問題を解決するのには、何年もの時間を必要とした。

思い込みという既成概念。これが退院後社会復帰する私に、強烈なブレーキを掛けた。

生きるとは？

冬を名古屋で迎えた私の身体は、幸い大きな変化はなく、多少動きにくくなる程度で、歩行困難になるほどではなかった。そんなある日、電車のホームで大学の同級生とバッタリ再会した。久し振りの再会にお互いびっくりしていたのだが、私は突然こう聞かれた。

「大丈夫？」

私は驚いて答える。

「大丈夫って何が？」

同級生は心配そうに言った。

「今の自分は向こうが透けて見えるくらいに抜け殻のようだよ」

私は言葉を失った。

「……」

その後電車が来て、その同級生とは別れたのだが、実はその言葉は私の核心を貫いていたのだ。そのころの私は、まさしく抜け殻だったのである。それまでの自分は常に何かをめざし、常に何かに夢中になっていた。怪我をするまではオートバイのレース一筋であり、ほかは何も目に入らなかった。しかしそのときは、目標を失いめざすものが何もない状態だったのだ。常に身体を動かしていなければ落ち着かない性格の私が、完全に抜け殻になっていた。その同級生は、そんな私を完璧に見抜いていた。目標を失った葛藤。退院後最大の苦悩である。目標を失い、抜け殻のようになっていた私は、様々なことを考えていた。そして、そのほとんどは悲観的なことだった。

なぜ私は生き延びたのか？

なぜ私は今存在しているのか？

私は、事故に遭うまで二十六年間を全力で生きてきた。だから、あの日人生を終えていても何も悔いはない。それなのになぜ？

考えれば考えるほど、自身の気持は悲観的になっていく。だから私は、いろいろなスポーツを試みて模索した。自転車、水泳、テニス、ゴルフ、サーフィン……。しかし、どれもシックリ来ない。思い通りに身体が動かずイメージ通りにならないため、夢中になるまでには至らなかった。後に私はマラソンという競技に夢中になっていくのだが、当時はまだ何も見つけることができないでいた。

自分が生き延びた理由に答えなどはない。必要だから生き延びたのだ。今ならはっきりそう言える。しかし、当時の私には導き出せない答えだった。マラソンという競技が、その答えを見出してくれたのかもしれない。そのころの私は、その考えを知る由もなく、ただ思い悩む毎日を過ごした。

生きるって何?

いくら考えても答えの出せない迷路に、私は迷い込んでいた。

過去との決別

目標が見つからないまま、流されるように毎日を過ごした。まだまだ自分自身の現状を受け入れられない私は、こんな試練にも遭遇する。大勢の仲間でテーマパークに行った際、ある重大な事実が発覚した。私は、アトラクション入口の注意書き看板を読んで愕然とする。

「乗車できない方は……首や脊髄に異常のある方」

えっ？

自分のこと？

私は自分自身の身体に関してあまりに無知だったので、自身がジェットコースターに乗れない身体とは夢にも思っていなかった。私は首の手術を行っているため、結局ほとんどのアトラクションに乗ることができないことが発覚したのだ。仕方ないので、私は見物することとなる。そのとき、私はいたたまれない気持ちになり、悲観的かつ消極的な思いで頭が一杯になった。

なぜ俺だけ？　俺何しに来たの？

そんなことを考えても仕方ないのだが、テーマパークの人込みの中で私は一人っきりになっていた。しかし、一緒にいた友人たちも困ってしまう。私とどう接したらよいのかわからないのだ。お互いがギクシャクしてしまう。せっかくみんなで楽しく遊びに来ているのに、完全に水を差すような結果となってしまった。今考えればたいしたことではないにもかかわらず、私が必要以上に落ち込んで暗い表情になっていたので、みんなに迷惑を掛けてしまった。今でも本当に申し訳ない気持ちで一杯である。

さらにこんな試練もあった。私が怪我をするまで一緒に走っていた政の応援のために、退院後何度か鈴鹿サーキットへ行ったときのことである。彼はその後もレースを続けていて、鈴鹿選手権で優勝も経験し、確実にステップアップしていたのだ。私が、久し振りに鈴鹿サーキットを訪れると、たくさんのレース仲間に再会できた。みんな温かく迎えてくれる。

「おおっ、おかえり」

「生きとったか」

久し振りの再会で話に花が咲き、楽しい時間を過ごすことができた。しかし、私は、すでに以前の私ではない。そこにいるのは、二度とレースには参戦できない自分。サーキットにいてもまったくテンションが上がらないどころか、逆に現実を突き付けられて凹んでしまう。ここには私の居場所がないことを思い知らされた。

一九九八年三月、自身の現実の受け入れ方を大きく変える転機となる出来事が起きる。私が当時乗っていた車はＭＲ２。学生時代に炎上させてしまったタイプの後継車種である。つくづく自分とは相性の悪い車種なのかもしれない。私はその車を運転中、何と転落事故を起こしてしまう。河川敷の堤防道路を走っていてハンドル操作を誤り、堤防から転落してしまったのだ。私にとって首に強い衝撃が加わるのは、極めて危険である。もし同じ場所を再度骨折したら確実に死亡するぞ、と湯川先生から強く警告されていたのだ。それにもかかわらず私は大事故を起こしてしまう。一瞬の出来事だった……。

「あっ！」と思った時はすでに遅すぎた。車はガードレールを突き破り堤防から転落し、数回宙返りをして着地した。車は当然大破。しかし、私は奇跡的に擦り傷で済んだ。しかも同乗者がいなかったため、大事には至らなかった。車の回収に来てくれた友人（ＪＡＦの隊員）は、車両が大破しているのを見て心底驚いていた。

私は、身体が無事だったことに心から感謝すると同時に、自分の置かれている状況を自覚しなければならないと痛感する。すべての目標を失い、生きる意味さえわからなくなっていた私の考えを、根本的に変えさせるきっかけとなった。そしてこの事故を境に、私のなかで発想の変化が起き始めた。今までは健常者だった自分の記憶が強すぎたため、何かにつけて「なぜできない？」と考えていた。しかし、このころから「どうやったらできる？」という発想へ変わり始めたのだ。つまり「できない」という視点から、「できる」という視点へ変わっていったのである。もちろん、これは言葉にすると簡単だが、意図的に導くのは非常に難しい。私の場合、この事故がきっかけとなり、潜在意識のなかに芽生え始めた一つの意識がクローズアップされていく。その意識が、私自身の発想を転換し始めたのだ。それは「私には本当に何か役割があるのか？」という意識。何度も何度も九死に一生を得ると、そう思わざるを得ないといった方がよいかもしれない。その後の日常生活のなかで、この意識が顕在化されていったのは間違いない。しかし、それを自分に納得させるには、今の自分を無条件で受け入れる必要があった。それは過去の自分との完全な決別を意味する。記憶のなかの自分と、今の自分を比較していては何も始まらない。だから私は、少しずつ現実の自分自身の受け入れ方を変えていった。

現実の自分を受け入れるには、まず今の自分を無条件に認める。そして、日々生活をしていて、できることとできないことに線引きをして、それぞれを明確にする必要がある。さらに、できないことをそのままにしてしまうのではなく、工夫してできることに変えようと考えて試してみることが重要なのだということに気づき始めた。私は、この怪我を通じてそれを学んだのだ。そしてそのなかに多くの達成感という喜びがあることも、私は後に知ることになる。

こうして、私は少しずつ過去との決別に成功していった。

自分の役割

目標が見つからないまま日々が過ぎていったある日、ふとあるテレビ番組が目にとまった。ハワイのホノルルマラソンの特番である。その番組を通じて、私はホノルルマラソンのことを知る。ホノルルマラソンとは、世界最大の市民マラソンの一つ。ランナー一人一人が、様々な目標を持って参加する大会である。しかも制限時間がない。私は、それまでマラソンという競技にまったく興味はなかった。しかし、そのホノルルマラソンの大会趣旨を知り、挑戦してみたいと思い始めた。

退院するときの「本を書くべきだ」という気持ちが再びよみがえる。もし私がフルマラソンを完走できたら本が書けるかもしれない。障害を持った私が奇跡的に歩くことができるようになっただけでなく、健常者でも厳しいといわれているフルマラソンを完走できれば何かが見えるかもしれない。このときからそう考え始めた。制限時間がなければ行けるかも……。さっそく走ることができるか試してみた。結論からいうとまったく無理！　走るというレベルではなかった。走るというのは歩くのとはまったく違う。両足が同時に地面を離れる瞬間があるのが走るということ。片足で着地するとき、その着地した際に全体重が片足にかかる。私の手足は右側が極端に細い。そのため、右足で着地した際に強烈な痙性《けいせい》が右半身を中心に入る。そうなると、次への一歩が出せなくなり走ることができなくなるのだ。そのときの私は、五十メートルも走ることができない状態だった。走ろうとして四、五歩進んだだけで、強烈な痙性により右手足が固まってしまう。その結果、私は痙性を克服しなければ走るのは不可能だという結論に達した。

ここで痙性とは何かを医学的に紹介しておこう。痙性とは中枢性麻痺を伴う筋緊張異常。脊髄損傷者は脊髄が麻痺しているため、自分の意志で自由に手足を動かすことができない。しかし、自分の意志とは関係なく勝手に動いてしまう。このように自分の意志とは関係なく、体が勝手に動いてしまう症状を痙性という。同じような症状に痙攣《けいれん》があるが、痙攣の原因は脳にあるため、痙性とは異なる。要するに自分の意志に関係なく手足が動いてしまうのである。私の場合は脊髄損傷（C３、C４）の不全麻痺で、首から下の症状が左右まったく違う。左半身には感覚障害があり、右半身には運動障害がある。だから手足の筋肉の付き方に、左右で大きく差があるのだ。当然身体全体のバランスを保つのも非常に困難なのである。

走ることができないのは無理もないことだろう。歩くのが精一杯だった私が、そんなに簡単に走ることができるわけがない。最大の課題は、この痙性の克服である。それができれば可能性は見えてくる。とはいえ、あまりにハードルが高すぎたため、しばらく走ることへの挑戦はお蔵入りすることとなる。しかし、マラソンへ挑戦することが自分の役割なのかもしれないと思い始めていたのは確かだ。「通常」ではない身体の私がフルマラソンという大きな目標に向かって挑戦することが、何か重要なメッセージを持つのではないかと考え始めていた。しかし、それはあまりに大きな目標だったので、まだこの時点では先を見ることはできないでいた。

財産

障がい者であることで差別を受けることは少なかったのだが、多くの友人から過剰な保護を受けることは少なくなかった。しかし、周囲の方々は、私に何ができて何ができないのかがわからないから当然なのだろう。だが、この特別扱いが、私にとって大きなストレスになっていたのは間違いない。

自身の受け入れ方のヒントを掴んだ私は、いろいろな仕事に挑戦し始めた。何事にも前向きに挑戦していける本来の自分に戻り始めていたのである。もともと接客業が得意だった私は、派遣会社を通じて携帯電話を販売する仕事に就いた。その職場は徹底的に売り上げ数字を追う職場で、前日の営業実績が事務所に張り出される典型的な営業の会社だった。数字に厳しい職場だったため、敬遠する人が多かった。しかし、私は逆に希望を出してその職場を選んでいた。希望者が少ないため、私は容易に仕事に就くことができたのである。

二〇〇〇年の春、私は今のパートナーと、その職場で出会った。彼女は、私が障がい者であることを伝えても、まったく動じることはなかった。それどころか、一人の大人として自然に接することができた。怪我をして以来、感じたことのない感覚だった。妥協を許さない彼女の仕事に対する姿勢や瞬発力に、私は心底感心した。すべてにおいて、私にはないものを、彼女は持っているのだと感じていた。

私たちは二〇〇一年四月に入籍し、二人の子どもに恵まれた。前章で何度も紹介しているように、私の右半身は動きが鈍い。それは内臓も同じで、首から下の機能すべての動きが鈍いのである。そのためドクターから子どもをつくるのは難しいかもしれないと、入院中何度も説明を受けた。それにもかかわらず、二人の子どもに恵まれたのだ。私はたとえようのない喜びで一杯だった。元気な子どもを二人も産んでくれた妻には、心から感謝している。

それからは独身時代とはまったく違う意識が、私のなかで生まれた。そして、自分自身への考え方も大きく変わり始める。私を支えたのは、家族を守りたいという強い気持ちであり、それはもちろん今もまったく変わらない。結婚して家族と出会えたことが、私の人生において間違いなく大きな転換期になった。

結婚を境にして、私の仕事に対する考え方も大きく変わっていく。当然のことながら、責任感は比較にならないほど強くなっていった。現状の自分を受け入れられず立ち止まっている暇はない。できることに全力で取り組んでいく。私自身の仕事に対する考え方が変わり、私を取り巻く環境も大きく変わっていった。

家族四人の生活は、ここまで決して順風満帆だったわけではない。自分の不甲斐なさで家族はもちろん、たくさんの方々に迷惑を掛けてきた。しかし、ほかでもない家族を守りたいという気持ちが自分を支えてきたのだ。

今の私にとって、家族は財産以外のなにものでもない。

仲間と仕事

話題は変わり、ここでは病院で知り合った友人を紹介したいと思う。

万石和也氏。

彼とは今も付き合いがあるのだが、私は彼のお陰で自分の身体の可能性を知ることができた。動かせばできることはたくさんあるのだと知る。彼はタイヤショップで働いているころ、バイトに誘ってくれた。タイヤショップの仕事なので当然肉体労働である。タイヤチェンジャーを回したりタイヤの脱着をしたり。既成概念にとらわれていた私は、最初は躊躇したのだが、やってみると意外とできる自分と出会うことができた。正直、自分で自分に驚いた。

彼は車の事故で入院。脊髄を損傷し車椅子の生活となった。退院後タイヤショップに就職。彼は怪我をする前もタイヤ業界で働いていて、その経験を生かして再就職したのである。そして、今では独立しタイヤショップ（ポテンシャル）を経営している。

彼とは定期的に会ってお互いの価値観をぶつけ合うのだが、いつも感心させられることが多い。たくさんのことを学ばせてもらっている。彼もまた九死に一生を得て今に至る。そして不思議なことに、怪我に対する受け取り方が、二人共まったく同じなのである。お互い自分自身の経験を通じ、「生かされている」と感じている。考えているのではなく感じているのである。そして、必ず役割があると強く考えている。彼の口癖は、

「障がい者は社会の弱者ではない」

そして、彼はそれを行動で証明している。

「怪我をしてできることは減ったが、やりたいことは増えた。チャレンジする気持ちは強くなったし、考え方は根こそぎ変わった。これからも、もっと自分を社会にさらけ出していきたい」

彼の言葉には力があり、会うといつもパワーをもらう。もともと性格はまったく違う二人なので、怪我がなければ友人にはなっていなかったと断言できる（これはお互い思っている）。しかし、怪我を通じ病院で知り合い、今に至る。この出会いにも心から感謝している。今も大切な仲間の一人だ。身体の障害に対する考え方が似ている二人だからこそ、引き合ったのだろう。

私の考え方は、障がい者だからといって特別扱いされるのはまっぴら御免。障がい者や健常者と区分けするのではなく、あくまで対等の立場で接したいと常に思っている。しかし、できないことは確かに存在する。その狭間の心境が上手く表現できないが、結局は開き直るしかない。万石氏と私は、一人の人間として自分自身の存在を証明したいという考え方が共通しているのかもしれない。

そしてもう一人紹介したい友人がいる。

重田敏氏。

彼もまた、中部ろうさい病院で知り合った。彼には人を引き付ける不思議な力が備わっている。重田氏は、型に嵌まるのを極端に嫌う性格なのだが、面倒見がよく気づくと周りに人が集まっている。退院後目標を失い、抜け殻になっていた私を救ってくれたのは、間違いなく彼である。ほぼ毎晩行動を共にし、学生時代のような時間を過ごした。ばか騒ぎできる彼との時間は、退院後不安定になっていた私の精神状態を支えてくれた。彼のお陰で、私は抜け殻の時期を乗り切れたといえる。一時期疎遠になっていたが、今も付き合いのある大切な仲間である。

つくづく思うことだが、友人は本当に大切だ。そして、その一つ一つの出会い自体が奇跡だといえる。

仕事に関することにも少しだけ触れておきたい。今の仕事に至るまで何度も転職し、紆余曲折があった。肉体労働を避けていたのは確かであり、まともに健常者と勝負しても勝てる見込みがないのも事実だった。だからといって、何もしなければ何も変わらない。私は人と触れ合うことに抵抗は感じない性格だったため、その部分を武器に様々な職業を試みた。退院後パソコンの使い方も学んでいたので、それも大きな武器となる。自分の役割を発揮することで、自身の居場所を確保し会社に貢献する。それが自分の存在の証明となり、今の会社で仕事ができている。今の仕事はもともとまったく経験のない業界だったのだが、さきほどの考え方で自分の居場所を定着させることができて今に至る。そんな自分を、現在の上司や同僚の方々に認めていただいている。

さて、マラソンへの挑戦がお蔵入りになり、月日が流れた二〇〇五年の夏、再び奇跡的な出会いが訪れる。

第四章　フルマラソンへの道

運命に導かれて

マラソンへの挑戦は、お蔵入りになっていたが忘れていたわけではない。常に頭の片隅にはあった。

二〇〇五年夏、私の姉の友人に林陽子さんという方がいる。その林さんの紹介で、栄のBARに大勢で行くこととなる。そこへ林さんは、友人と一緒に来ていた。その友人の鈴木登紀子さん（以後 登紀さんと略）との出会いからすべては始まる。私は登紀さんと簡単な自己紹介を済ませた。そして、彼女の職業を聞いて驚いた。その職業は、何と理学療法士。驚くと同時に私は大興奮。なぜならマラソンへ挑戦するために是が非でも克服しなければならない痙性のことを、専門家に聞けるチャンスが巡ってきたからである。もちろんそれまで横井先生からアドバイスをいただいていたが、いろいろな先生から聞きたいと思っていた矢先の出会いだったから興奮はなおさら大きい。私は、後日林さんと登紀さんの三人で会う約束をした。そして三人で会ったときに、私は登紀さんに怪我の経緯やフルマラソンに挑戦し完走できたら本を書きたいと考えていることを話した。彼女は私の話に熱心に聞き入り、それは奇跡的なすごい体験だ！と大いに共感してくれた。そして話は予想外の方向へ……。

登紀さんの友人に新聞記者をされている方がいる。宮嶋出さんという。その宮嶋さんは、私のような体験をした人を探しているとのことだった。登紀さんはぜひ私を宮嶋さんに紹介したいという。予想外の展開に、最初私は戸惑ったのだが、後日私は三人で会うことにした。そして、三人で会った際に、私は宮嶋さんへも怪我の経緯やフルマラソンをめざしていることを話した。宮嶋さんは、非常に誠実で第一印象から素晴らしかった。彼は熱心に私の話に聞き入り、非常に感銘を受けた様子だった。そして、彼からある提案が持ち上がる。

「犬山ハーフマラソンに出ませんか？」

あまりに唐突な話だったので、私は戸惑った。

「えっ？」

話の主旨はこうである。障害をもった私が、ホノルルマラソン完走をめざす。そのステップとして犬山を走る。そしてそれを記事にしたい。

私は唖然として言葉を失った。なぜならホノルルは制限時間がないから出てみたいと考えたわけで、マラソン自体に興味があるのではない。まして、犬山ハーフマラソンがどんな大会かもわからないし、制限時間もあるだろう。絶対無理だと思った。断ろうと思っていたのだが、宮嶋さんは熱心に私に語り続ける。

「城之内さんの体験は、たくさんの方の勇気になる。だから大勢の人たちに知ってもらうべきだ！」

私は思わず即答する。

「どう考えても無理ですよ」

しかし、登紀さんも積極的だった。

「私も一緒に走るから大丈夫ですよ」

二人の力強い説得が続いた。おそらくこのとき、宮嶋さんのマスコミ魂に火が点いたのだろう。その熱意が、充分過ぎるほど私に伝わってくる。自分の役割を模索していた私にとって、彼の言葉は私の心をダイレクトに突き刺した。様々なことが私の脳裏をよぎる。話はわかるし確かにすごいチャンスだ。しかし、とてもじゃないが無理ではないか？　だってまともに走ることができる身体ではないわけだし……。いろいろと悩んだのだが、最終的に私を決断させたのは、やはり宮嶋さんのこの一言だった。

「城之内さんの体験を知る必要のある人がたくさんいる」

私は覚悟を決めた。できるかどうかはわからないが、その提案を私は受けることにした。半年後の二〇〇六年二月、距離は十キロの部。

かくして必然ともいうべき流れで、初マラソン挑戦の日が決まった。

不可能からの出発

本番に向けて、私はさっそく準備を始めた。普段は会社勤めのため、ランニングの練習は仕事を終えた帰宅後に行った。シューズを揃え再度走ってみるが、やはりまったく走るというレベルではなかった。五十メートルほどで左右の体の動きがバラバラになり、走ることができなくなってしまう。痙性が右半身に強く入り、足を前に出せなくなるのだ。そこで、まずは歩くことから始めた。できるだけ速く、そしてテンポよく。足を速く動かそうとすると、すぐに痙性が顔を出す。足がピーンとつってしまいスムーズに歩けない。今まではここで諦めてしまっていたが、具体的な目標が決まっている私に迷いはなかった。スムーズに足を運ぶには、手の振りが重要であることにすぐに気づく。そして、手を大きく振りながら歩こうとすると、またもや痙性が邪魔をしてスムーズに手を振ることができないとわかった。そこで、まずは手を大きく振ることができるようになるまで歩く練習を繰り返した。

1、2、1、2……。リズムよくテンポを保ちながら歩く。

一か月ほどすると、手が少しずつ振れるようになってきたので、再度走ってみる。すると、以前よりも足が前に出やすくなっている。痙性が成りを潜め始めたのだ。

「よしっ！　いいぞ」

私は、手応えを感じながら、歩いて走っての練習を繰り返した。

犬山ハーフマラソン（十キロの部）では、制限時間が一時間五分と決められている。途中には二か所関門があり、一か所目の関門（四・七キロ地点）はスタートしてから三十二分以内に通過しなければならない。しかし、まだ私はタイム云々のレベルではなかった。まずは手をしっかり振るための練習を繰り返した。

練習を始めて三か月後。二〇〇五年も終わりを迎えるころから、私は少しずつ走ることができるようになってきた。右手足が左側の動きについていけるようになってきたのだ。そこからは、少しずつ連続して走る距離を伸ばしていった。このころから右足の脚力不足が深刻になり始める。前述の通り私の身体は右半身の動きが鈍いため、右手足が左に比べて極端に細い。そのため、長い距離を走ろうとすると右足で体重が支えられなくなってしまう。右膝が体重に耐えられないのだ。その対策として右膝の筋トレも取り入れながら右脚強化を試みた。

二〇〇六年一月、年が明けていよいよ本番まで二か月となったころ、私の身体に異変が起き始める。半年近く走る訓練をしてきた私の右膝が、ついに悲鳴を上げ出したのだ。ここまで私は、ひとりで練習を行ってきた。しかし、私にはもともと陸上競技に関する知識はほとんどなかった。そのために、知らず知らずのうちに右膝に大きな負荷が掛かっていたのだろう。右足を地面につけるたびに膝に痛みが走る。階段の上り下りも苦になるほど、膝が痛み出した。

私は現状を新聞記者の宮嶋さんに伝えた。そして、宮嶋さんを通じて山下佐知子監督（この年の犬山ハーフマラソンのゲストランナーに選ばれていた方）に、アドバイスをいただくことができた。膝に負担を掛けないように、練習を自転車に切り替えた方がよいということだった。即座に私は走るのを止め、エアロバイクを使ったトレーニングに切り替えた。そして、心肺機能が落ちないようにする練習を続けた。

二月になり本番がいよいよ近づいてくる。私は膝の状態を伺いながら、走る練習を再開した。しかし、本番一週間前になっても膝の痛みが治まらないため、私は明らかに焦り始めていた。このままでは……。そんなある日、姉の計らいで、小野田健伸《けんしん》先生に膝を診ていただけることとなる。小野田先生は滋賀県で治療院を開業されていて、スポーツドクターとしても活躍されている。小野田先生は、私の膝を触るや否や適確なアドバイスをしてくださった。膝の痛みの原因は太股の筋力不足にあるということだった。したがって太股に磁気治療器を貼って、筋肉に刺激を与えることで膝の炎症は治まるというのだ。

私はアドバイス通りに、太股に磁気治療器を貼ってみた。すると膝の痛みは、たちまち和らいでいった。すごすぎる！　お陰で私の膝は、何とか走ることができる状態まで回復した。

かくしてたくさんの方に支えられながら、私は本番の日を迎える。

甦る闘志

二〇〇六年二月二十五日。大会前日、宮嶋さんのご厚意で犬山ハーフマラソンのレセプションに参加させていただいた。箱根駅伝を走った選手たちや実業団ランナーなど、トップアスリートたちが集結したなかでプログラムは進められていく。いやがおうにもテンションは上がっていった。さらに緊張するなかで、私の自己紹介の場までつくっていただいた。そして、いよいよ本番の朝を迎える。

二〇〇六年二月二十六日　犬山ハーフマラソン本番、大会当日はあいにくの雨。私は雨の中現地に到着し準備を始める。この日の模様はテレビや新聞でも紹介された。スタート前にはテレビ局の撮影スタッフの方と打ち合わせを行い、撮影ポイントなどの再確認も行った。

今回の挑戦が決まったとき、二人の仲間が一緒に参加すると名乗りを上げてくれた。一人は友人の会社の先輩で、バイクを通じて仲良くなった水野貴雄。もう一人は以前勤めていた家電量販店の同期、青山恵一。水野貴雄は、もともとランニングにはまったく興味がなかったのだが、この日を境に走り始め、今も一緒に走る駅伝仲間の一人である。青山恵一もまた、この日を境に走り始め、今では自転車に夢中である。いずれにせよ、彼ら二人は、この日をきっかけに体を動かす喜びを再認識したのは間違いない。

三人共陸上競技に関しては、まったくの素人同然だったのだが、私と一緒に、この半年間、暗中模索でトレーニングを行ってきた。陸上の専門知識はないが、お互い知恵を絞って意見を交換し合いながら準備を進めてきたことが、逆に楽しかった。そして、青山は私のペースメーカーとして走ってくれた。制限時間をクリアするために、伴走しながらタイムを管理してくれるのである。

午前九時五十分、打ち付ける雨の中、スタートの号砲。千人以上のランナーが、雨をものともせずスタートしていく。私も緊張しながらも落ち着いてスタートした。

スタートしてから犬山駅前を右折し、商店街を抜けて行く。最初の一キロ地点は順調に通過。木曽川堤防に入り、二キロ地点を過ぎる。予定通りのペースだと青山が伝えてくれる。しかし三キロを過ぎた辺りからペースが落ち始める。足が思うように前に出ない。すれ違うランナーや沿道の人たちからパワーをもらい、必死に四・七キロの折り返し地点をめざす。刻々と閉門時間が近づいていた……。

青山は制限時間が迫っているのを私に伝えるため、失速していく私を尻目にあえて自身のペースを維持する。そして、私の視界から青山の背中が徐々に離れて行った……。彼について行かなければ制限時間に間に合わないのは充分わかっていた。しかし、足が言うことを聞かない。懸命に折り返し地点に辿り着いたときには制限時間を数分過ぎていた……。

この瞬間、私の初めてのマラソンチャレンジは終わる。

結果はリタイア。

バスでスタート地点まで搬送されている最中、いろいろなことが頭に浮かんだ。もちろん悔しいという気持ちはあったが、それとは別にメラメラと燃える闘争心が芽生え始めていたのだ。オートバイのレースをしていたころの気持ちが、甦り始めたのである。確かに途中棄権は悔しい。しかしそれ以上に走ることができるとわかった感動の方がはるかに大きかった。身体を動かすことで生き甲斐を見出してきた私に、再び命が吹き込まれた瞬間であった。こうして、私の初マラソン挑戦は終わった。

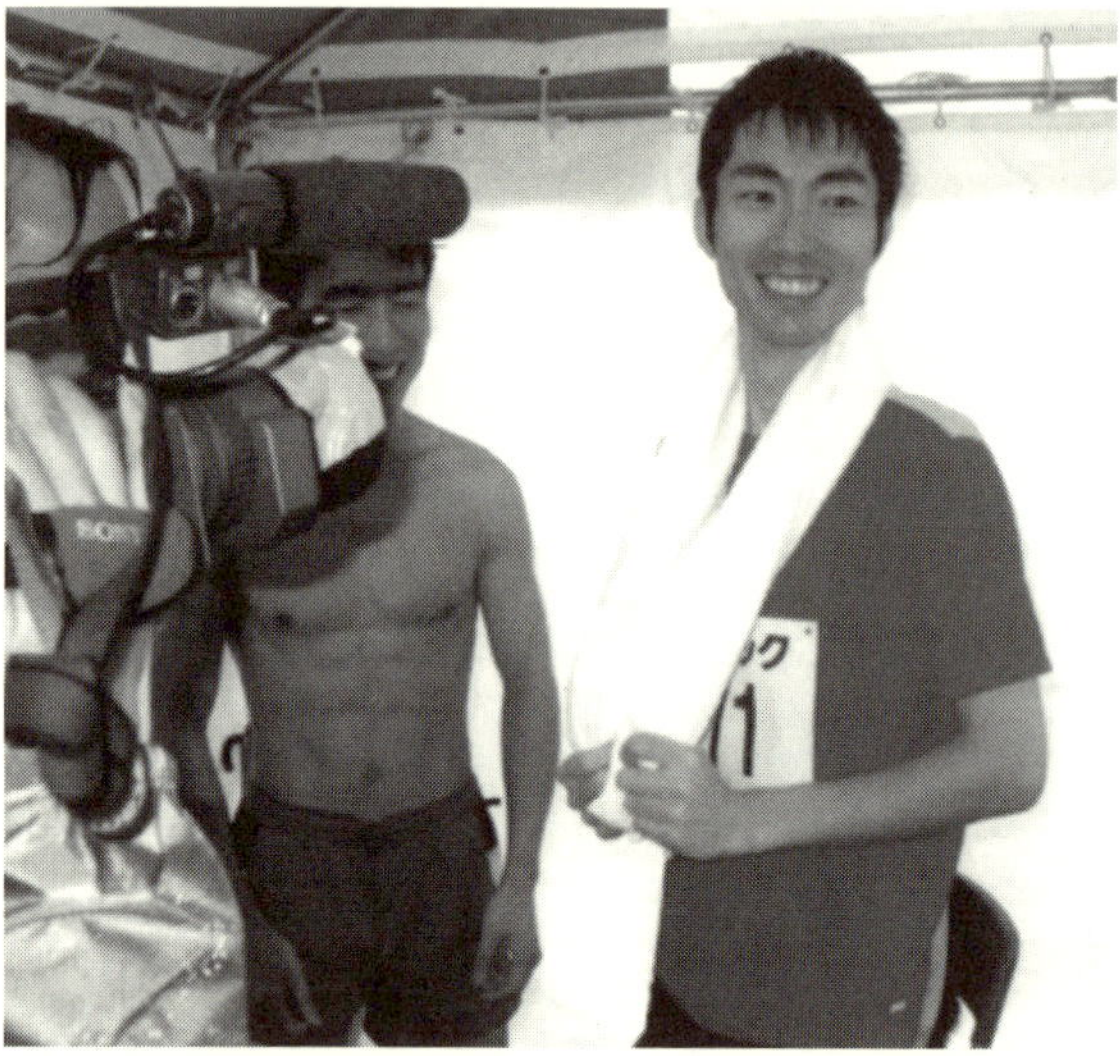

「途中棄権は悔しいが、走ることができるとわかった感動の方がはるかに大きい」と取材に答える

この日を境に、私の意識は大きく変わり始める。今までマラソンという競技にはまったく興味がなかったのだが、自分が走ることができるとわかりマラソンの魅力にどんどん引き込まれていった。自分にもできるという意識が芽生えることで、走ることへの考え方が劇的に変わっていった。新聞記者である宮嶋さんの情熱で始まったマラソンへの初挑戦は、私に「走る」という可能性を教えてくれた。宮嶋さんには、今も感謝の気持ちで一杯だ。

当初、私は二〇〇六年十二月のホノルルマラソンに挑戦しようと考えていたのだが、犬山に大きな宿題を残してしまったため、まずは来年リベンジすることだけを考えることにした。

新たな挑戦

初マラソン挑戦を終えた私は、膝の痛みが引くのを待って、少しずつトレーニングを再開する。右足の強化は必須課題なのだが、右肩強化の重要性も感じていた。私のホームコースは名古屋市西区の庄内緑地公園である。休日にはたくさんのランナーが走っているのだが、ある日、陸上部の選手たちが重りを持って走っているのを見掛けた。話を聞いてみると、腕を振るトレーニングだと言う。さっそく私も取り入れてみた。私の場合、手を大きく振ろうとすると右手に痙性が入る。しかし、重りを持って走ると、右肩が軸になり手が振りやすくなる。そして、それは右肩強化にも繋がる。これはよい！それからは重りを持ちながら走る練習を取り入れた。

二〇〇六年秋、私は名古屋シティマラソン（四キロの部）にエントリー。翌年リベンジする犬山への前哨戦に、この大会を選んだ。目標タイムは二十五分以内の完走。犬山の十キロを一時間五分以内に走り切るには、ある程度のスピードが要求される。それを基準に決めた目標タイムなのだ。まったく走ることができなかったところから始まった私の挑戦は、四キロのタイムを狙えるレベルにまでなっていた。何でもやってみなければわからないものである。

二〇〇六年十一月二十三日、名古屋シティマラソン本番を迎える。この大会には、犬山を一緒に走った水野、青山に加えて会社の同僚である宮城さんも一緒に参加した。宮城さんは、学生時代に柔道をやっていてスポーツは得意なタイプ。私がマラソンに挑戦し始めたことを会社で話しているうちに、それに刺激を受けて一緒に走り始めたのである。

水野はハーフの部、青山、宮城さんは十キロの部にそれぞれエントリー。

十時二十分、スタートの号砲。次々にランナーがスタートしていく。私もほかのランナーの流れに乗りスタートした。途中呼吸が厳しくなる場面もあったが、無事ゴールゲートをくぐった。

タイムは二十四分四十六秒。

目標タイムをクリアすることができた。その後、一緒にエントリーした三人も続けて無事ゴールした。私は大きな手応えを掴み、二度目の犬山へ向かう。

私は、このころから走り込みと同時にスピードを上げる練習（百メートル毎にペースを上げるインターバルトレーニング）も取り入れ始める。右手足は、一年前とは比較にならないほど筋力アップした。しかし、筋力が上がると痙性も一緒に強くなる。痙性は影の様な存在なのだ。自身がレベルを上げると、必ず後からついて来る。だから、常に痙性を出さない工夫が要求される。緊張や疲労は痙性を強くする。そこで身体を速く動かすときは、できるだけリラックスして充分なストレッチを行う。そして「力を入れないように力を入れる」のが痙性を抑え込む方法なのだと私は発見した。

年が明けた二〇〇七年一月下旬、私の右足にまたもや異変が起きる。膝は太股の強化で去年のように痛むことはなくなった。しかし、今度はアキレス腱が痛み始めたのだ。身体を前に出すために右足で地面を蹴る。すると、ふくらはぎの付け根が痛み、思うように地面を蹴ることができない。私は走るのを控え、痛みが引くのを待った。痛みが引き、再び走ることができるようになったのは大会一週間前のことである

余談だが、私は二度目の犬山へ挑む前に、新しいシューズを購入した。今まで使っていた靴に穴が空いてしまったのだ。スポーツの世界において、自分の問題点は使っている道具に現れるという。注目すべきは、私が使い込んできたシューズの減り方。それを一目見ただけで、私の身体で起きている痙性の正体がよくわかる。私の身体は、右半身に強い痙性が入る。そのため、右足を前に出し着地する瞬間、足の裏がどうしても内側を向いてしまう。そのため左に比べ靴の外側が極端に片減りするのだ。

初めての犬山ハーフマラソンに備えて、青山（左）と練習に励む。

1年半はいた最初のくつ。右足の外側が極端に片減りし、つま先には穴があいている。

この現象は、私の問題点をわかりやすく映し出している。フルマラソンを完走するためには、この問題を是が非でも解決しなければならない。右足がシッカリ水平に着地できれば走りは大幅に改善されるのだ。

大きな課題を抱えながら、私は犬山のリベンジに向かった。

探していたもの

二〇〇七年二月二十五日、いよいよ二度目の犬山本番を迎えた。去年の初挑戦から一年。今年はたくさんの仲間と一緒に挑戦することとなった。去年の私の挑戦に刺激を受けて、今年は大勢の仲間が集まって来てくれたのだ。去年一緒に走った水野貴雄に加え、私が入院していた病院で知り合った近ちゃん、妻の会社の同僚だった今ちゃん、私の以前の同僚である原さん、同じく同僚の健祐、そして名古屋シティマラソンも一緒に走った宮城さん。近ちゃんはマラソンには無縁のタイプだったが、ダイエットも兼ねて一緒に走り始めた。今ちゃんはもともと陸上競技が得意だったので、しっかり走り込んで本番を迎えていた。原さんは勢いとノリだけで参加したのだが、絶対完走するという気持ちだけは人一倍強かった。健祐は去年の私の挑戦に刺激を受けて走り始めた。本来非常に負けず嫌いの性格だった彼は、マラソンで得られる達成感や奥の深さに魅了されて、今も私と一緒に走る駅伝仲間の一人である。みんな陸上未経験者ばかりだが、全員での完走を固く誓い合った。こうして広がっていく仲間の輪が、マラソンへ挑戦し続けられる理由の一つかもしれない。

午前九時五十分　スタートの号砲が鳴り響く。今年は去年の悪天候が嘘のような晴天。千人以上のランナーが、清々しい空の下スタートしていく。私も落ち着いてスタートを切った。前半は落ち着いてペース配分を行い、練習通りのペースを維持することに神経を集中する。体調は極めて快調で、順調にピッチを刻んでいく。そして、四・七キロの折り返し地点を無事通過した。

一年前の自分を超えた瞬間。

去年止められてしまったことを思い出しながら、清々しい気持ちで折り返した。その後も原さんと併走しながら順調にピッチを刻む。しかし六キロを過ぎた辺りから、傷めていた右アキレス腱が徐々に痛み始める。痛みにより右足で地面を蹴ることができないため、私のペースは大幅に落ち始めた。そして次の関門の制限時間が刻々と近づいてきた。

二つ目の関門は七・八キロ地点。スタートして五十二分以内に通過する必要がある。

伴走してくれている原さんの顔には、明らかな焦りが出始めて何度も時計を見る。

「ジョウさん、時間大丈夫ですか？」

私は力強く答える。

「もちろん！　絶対大丈夫！」

とはいうものの、私は閉門時間が迫っているのを充分理解していた。必死に痛みを堪えてペースを上げる。二つ目の関門が見えてきたそのとき、係員の声が耳に飛び込んできた。

「あと二十秒！」

私たちは無我夢中で関門を通過（突破？）した（本当は係員の方に止められたのだが、制止を振り切り突破しました。スミマセン）。

残りは二・二キロ。最後の力を振り絞って走る。そして私の目にゴールゲートが飛び込んできた。右足を引きずりながらのゴール！
　一時間六分五十七秒。
とてつもない充実感。みんなで誓い合った約束通り、参加した仲間全員見事に完走。
そして、家族三人がゴールで迎えてくれた。
「パパおめでとう！」
我が子が駆け寄ってくる。まだ五歳の長女にも、私が何をやっているのかがわかって
いるのだ。自分の挑戦している姿勢が、我が子にも伝わっていた。これにはすごく感動
すると同時に、大きな責任感も強く感じた。子どもの価値観は親が構成するといわれて
いるが、それを痛感したゴールだった。親である私の影響力は極めて大きい。娘には挑
戦することの素晴らしさと大切さを背中で伝えていきたいと思う。
　そして一つのことをやり遂げたときの達成感と充実感。これは様々なことで味わえる
が、このときの充実感は格別なものだった。そしてマラソンという競技は、決して努力
を裏切らない。努力を積み重ねていれば、必ず結果に表れるのである。その点からも、
世の中のマラソン人気の高さが納得できる。私は完全にマラソンの魅力に引き込まれて

いくと同時に、自分自身の役割を明確に自覚し始めていた。

走る理由《わけ》

犬山のリベンジを果たした私は、大目標であるフルマラソンへの準備を本格的に始める。とはいうものの、十キロを走り切るのが精一杯である私にとって、フルマラソン完走はまだ遠い目標に変わりはない。まずは経験を積むため、いろいろな市民マラソンに参加していく。

大府シティ健康マラソン、春日井マラソン等々。

多くの市民マラソンに参加することで、体力と自信を蓄えていった。そして、すべての大会で完走することができた。私は練習量を増やしたかったので、天気のよい日は帰社時に走って帰るようにした。会社から自宅までの距離は約十キロ。平日は思うようにランニング練習ができないため、帰宅路を利用して走るようにしたのである。これがなかなかよいアイデアだったのか、基礎体力を大きく上げることに成功した。

「時間がないから運動ができない」という声を、私はしばしば耳にする。しかし、それはどうだろう。できない理由を集めれば無限に出てくる。しかし、些細なアイデアでできることはたくさんあると思う。このときの私は、まさにそうだった。ランニングの時間がなかなか取れないと思っていた矢先、会社の上司に言われた一言で閃いたのである。

「それなら会社から走って帰ればよいのでは？」

私は目からウロコが落ちたような気持ちで答えた。

「なるほど！」

あまりに単純な話なのだが、実行に移す人は少ない。帰宅時間を練習時間に充てる。たったそれだけのアイデアだったが、とても効果的なトレーニングになったのは間違いない。

このころから、私のマラソンに対する意識が大きく変わり始める。ただフルマラソンを完走するだけではなく、走破タイムにこだわりたいと考え始めていたのである。このころの私は、数年前のまったく走ることができなかったことから考えれば飛躍的な進歩をとげていた。目標も当然完走から走破タイムになっていく。さらに、もともと私はオートバイのレースをやっていた関係もあり、「タイムにこだわるからこそ楽しい」と思い始めていた。しかし、私がなぜ走破タイムにこだわり始めたのかは、楽しいからだけでない。実はもう一つ重要な理由がある。それは「健常者と同等のタイムで走る」ことに意味があると考えているからである。身体にハンディを持った私が、もし一般ランナーと同等のタイムで走ることができれば、大切なことが伝わると確信していた。もっとも伝えたく、そして伝わってほしい大切なこと。

「障害が自分の可能性を絶つわけではない」

そして、障がい者と健常者という枠を超え、一人の人間として誰にでも無限の可能性があるのだということを証明できると信じている。もちろん、これは言うほど容易なことではないし、私はそんなに偉い人間ではない。しかし、それが私の役割なのだと今は確信している。自身の可能性に挑戦することが、大きなメッセージを持っていると。

取り戻せた自分

マラソンを通じ、私は本当にたくさんの仲間と出会った。スポーツを通じて出会う方々は、みんな気持ちのよい方ばかりである。素晴らしい仲間たちと一緒に今も汗を流すことができていることに、心から感謝したい。今まで参加した大会のなかでもっとも思い出深い大会を二つ紹介する。

諏訪湖さざなみ駅伝と6時間耐久リレーマラソン。

6耐を通じて、私はかけがえのない方々と出会うことができた。溝田御夫妻をはじめとした多くのランニング仲間である。溝田御夫妻と私は、林陽子さんを通じて出会った。非常にパワフルな溝田御夫婦は、気配りや仲間を想う気持ちなど、素晴らしい人格をお持ちである。

6時間耐久リレーマラソンでの面白いエピソードに触れたい。6耐とはナゴヤドームで残暑厳しい九月に行われるリレーマラソンである。一周二キロの特設コースが造られ、一～十人のチームで襷を繋ぎながら六時間先のゴールをめざす。私は初めてこの大会に参加する際、溝田御夫妻のチームに加えていただいた。この大会は参加者が一万人を超える大きなイベントであり、華々しいスタートセレモニーを皮切りにレースは始まる。私たちのチームは十人で構成され、私は第二走者となった。一周毎に襷をリレーしながらゴールをめざす。九月の残暑もあり、予想以上に過酷なレースとなった。レースは四時間を経過し終盤に差し掛かる。私は三度目の襷を受け取り、暑さに耐えながら一周した。そしてリレーゾーンで襷を渡そうとしたそのとき！　右脚に強い痙性が入り、躓いて激しく転倒してしまう。何とか襷は繋いだものの、右手足を負傷してしまった。それを見てチームのみんなは、

「残り時間は九人で繋ぐからゆっくり休んで」

「無理しないように」

と声を掛けてくれた。実際私もそう言っていただいて内心ホッとしていた。そりゃそうだよな！と自分に言い聞かせながら。しかし、しばらくして自分の順番が近づいてきたところ、溝田さんはまったく躊躇なく私に声を掛けた。

「行ける？」

あまりに迷いのない問い掛けだったので、私は思わず勢いで、

「もちろん！」

と答えてしまった。私は、すぐに自分の身体の状況を確かめた。すると手の痛みは激

しいが、足は思いのほか軽症であることがわかった。行ける！と確信し、私はただちにウォーミングアップを始める。そして四度目の襷を受け取り、次に繋ぐことができた。切れかけた気持ちを溝田さんに繋いでいただくことで、私はリタイアせず走れたのだ。さらに時間的順番により、最終走者のチャンスまでいただいた。私は五度目の襷を受け取りラストランへ。そして最後は全員で感動のゴール！

私にとってこの6耐は、最後まで走り切るか否かでまったく違う大会になっただろう。人は誰しも弱い生き物であり、どうしても楽な方へ流されてしまいがちである。この日私は、本当に貴重な経験をさせていただいた。私は溝田御夫妻との非常に大きく、そして大切なご縁を痛感している。今も、もちろん親しいお付き合いをさせていただいている。

そして、諏訪湖さざなみ駅伝。毎年四月に長野県の諏訪湖で行われるこの大会は、ローカルなイベントなのだが、主催者の方々の気持ちがこもった温かいものである。その大会に、私は「J・5・MAX」というチームを作って参加している。メンバーは私を含めて五人。犬山を一緒に走った水野貴雄と原健祐。林陽子さんを通じて知り合った小坂英雅。英は仙台出身のアスリートで、現在はトライアスロンにも積極的に参加している我がチームのエースである。そして以前の職場の同僚である谷口顕一朗。彼は当初駅伝への参加は消極的だったのだが、駅伝やマラソンから得られる達成感や一体感の虜になり、今ではチームのムードメーカー的存在になっている。この五人が不動の駅伝メンバーである。全員性格はまったく違うのだが、誰一人手を抜くことなく、全力でぶつかっていける最高の仲間である。

駅伝という競技は、非常にユニークだ。団体競技ではあるが、走る時は一人である。しかし、その襷には全員の「想い」が染み込んでいて、実は一人で走っているわけではない。全員でゴールをめざして走っているのだ。したがってゴールしたときの達成感は計り知れない。一人で走ったときとは、まったく違った感動を味わうことができる。

私はこの二つの大会に参加することで、探していたものを見つけることができた。それは「仲間と一緒に一つの目標をめざす」ということ。これをスポーツで見つけることができた。

一つの目標に向かって汗を流し、達成感を共有できる仲間。

どんなに苦しくても、決して妥協を許さない仲間。

2008年、ナゴヤドームでの６耐に参加した仲間

チーム「Ｊ・５・ＭＡＸ」

そんな最高な仲間たちと出会えた私は、本当に幸せ者である。怪我をして以来、思い通りに身体が動かない私は、そんな仲間をスポーツという分野で見つけるのは無理だと思っていた。しかし、この二つの大会は、私に見つけさせてくれたのである。この仲間と達成感を共有する感覚は、まさしくオートバイのレースで味わったものとまったく同じだったのである。この感覚を取り戻した私は、退院後から続いた長い迷路から完全に抜け出すことができた。今後も私は、自身の役割を噛み締めながら素晴らしい仲間たちと共に挑戦し続けていく。

成長する目標

二〇〇八年春、私はこの年のホノルルへ挑戦する予定でいた。しかし、そのころから私には気になる別の大会があった。「東京マラソン」。私のフルマラソン初挑戦はホノルルと決めていた。しかし、今は少しずつ考えが変わり始めている。当初は「制限時間がない」のがホノルルをめざす最大の理由だった。しかし、今は当時とあまりに身体の状態が違う。東京マラソンの制限時間は七時間。今の私にとって十分射程圏内である。アジア最大の市民マラソン。そしてあの大東京を走ることができる魅力。初挑戦の舞台としては充分過ぎるステージだ。充分考えた結果、決意は固まった。初のフルマラソン挑戦は東京マラソンだ。しかし、この大会の抽選は大激戦で非常に狭き門である。出たいと思っても簡単に出場できる大会ではない。私はその決意を新聞記者の宮嶋さんに伝えた。宮嶋さんからは自分にできることなら何でも協力すると言っていただけた。実際、彼のご尽力がなければ、私はスタートラインに立てていなかった。そして、私はやるべきことをすべて行い結果を待った。

二〇〇八年十一月、運命ともいうべき東京マラソンの参加切符が手元に届く。

「東京マラソン２００９」

ついに、フルマラソン初挑戦の日が決まった。

私はすべてを注ぐため、全身全霊で準備を進めた。まず不安材料の解消から試みる。今までの走り込みで、私の足は限界に達してした。右太腿と右ふくらはぎが動かすたびに痛む状態なのだ。そこでマラソン仲間の一人である水野貴雄の弟、敬一（カイロプラクター：相生山接骨院）に相談してみた。すぐに診てもらえることになり、彼の自宅を訪ねる。彼は実際に私の脚を触って驚いていた。そのときの脚の状態は、筋肉がカチカチに固まり肉離れ寸前だったそうだ。

「こんな状態で走れるわけがない」

私は肯きながら答える。

「確かに痛くて歩くのも厳しい」

その通りである。実際ほとんど走ることのできない状態だったのだ。即座に筋肉を和らげ蓄積した疲労を抜いてもらう。そしてマッサージを終えて立ち上がり驚いた。

「これは何だ?」

自分の脚ではないと思うほど軽い。

「今までの痛みは何だったのだ?」

衝撃と感動に襲われた。完全に今までの疲労を抜いてもらうことができた。さきほどまでの痛みが嘘のようになくなり、信じられないほど足が軽くなったのだ。私はメンテナンスの重要性を痛感した。さらに東京マラソンに向けての筋トレメニューまで作っていただいた。その後も私は、本番まで定期的に彼に身体を診てもらった。彼が私の脚のダメージを抜いてくれなければ、私は絶対に走れなくなっていたし、おそらく東京マラソンのスタートラインにすら立てなかっただろう。これもまた素晴らしい巡り会いである。

夢の舞台へ

不安材料を取り除いた私は、本番までに二つの前哨戦を準備した。

二〇〇九年一月十一日、日本昭和村ハーフマラソン（十キロの部）。

二月二十二日、犬山ハーフマラソン。

練習メニューもしっかり決めて準備を進める。雪がちらつく、この冬一番の寒さとなった日、二〇〇九年一月十一日、日本昭和村ハーフマラソン（十キロの部）当日を迎える。この大会は、マラソン仲間の一人である宮城さんと一緒に参加した。十キロという距離はまったく問題ないが、このコースは標高差が百メートル近くあり、アップダウンが非常に激しい。足を鍛えるにはもってこいである。私は一時間以内の完走を目標とした。

十時五十分、スタートの号砲。八百人以上のランナーがスタートし、私たちもリラックスしてスタートしていく。前半は下り坂が多いため、落ち着いてピッチを刻む。前半は予定通りのペースで走り、途中上り下りを繰り返しながら七キロ地点を通過。ここからゴールまでは、ずっと上りである。途中心臓破りの急坂もあり、ペースは大きくダウン。しかし何とか気持ちを切らすことなくゴール。

一時間四分四十九秒。

続けて宮城さんもゴール。私は目標タイムには届かなかったが、充分手応えを掴めた。次は犬山だ。

フルマラソンに向けて練習の距離を少しずつ伸ばしていく。犬山は、初のハーフマラソン。しかも制限時間が非常に厳しい。時速十二キロ以上のスピードが要求される大会なのだ。したがって、私は長距離の練習を行いながら、スピードを上げる練習も繰り返した。制限時間をクリアするため、練習中のタイムも一キロ毎に細かく管理する。今回の犬山は、水野貴雄が伴走を務めてくれる。本番は一キロ毎のタイムを彼が管理してくれることとなった。できることはすべて行い、大会当日を迎える。

二〇〇九年二月二十二日、犬山ハーフマラソン当日の朝、前日まで体調はまったく問題なかったのだが、朝起きると喉が痛い。唾を呑み込むと扁桃腺が痛い。しかも熱がある。

「冗談だろ？」

何度も自分に問い掛けるが、現実は変わらない。本来であれば棄権である。しかし、ここまで来て後には引けない。とにかく一緒に参加する仲間と共に現地へ向かった。今回一緒に走る仲間は、初めて犬山へ挑んだとき、一緒に走った水野貴雄と青山恵一の二人に加え、駅伝メンバー（J・5・MAX）の一人である谷口顕一朗の三人。現地に到着して、私たちはウォーミングアップを始める。私は熱があるため、明らかに息が厳しい。しかし弱気になると一気に呑まれてしまうので、可能な限り平静を装った。

午前十時五分、スタートの号砲と共に三千人以上のランナーが一斉にスタート。私も、いつも通り冷静にスタートした。予定通り水野貴雄が、私の横にピタリと並び、一キロ毎にタイムを伝えてくれる。しかし、三キロを過ぎた辺りから、通常ではあり得ないほど息が上がり始める。とてもペースを維持できる体調ではなかった。これ以上走り続けるのは無理だと判断し、六キロ地点で棄権となった。

自分の力を半分も出せずに終わった。マラソンを始めてから、不完全燃焼で終わった初めての大会となった。悔しいという言葉では表現できない悔しさ。しかし、これは体調管理が不充分だった私に全責任がある。この日、私の従兄弟である隆之とその友人である宮本武、谷部賢一の三人が、わざわざ兵庫県から応援に駆けつけてくれていた。私の初マラソン挑戦を紹介する新聞記事を見て、宮本ちゃんが是非応援に行こう！と声を掛けて三人で来てくれていた。私を驚かすために、黙って来てくれていたのが裏目に出てしまったのだ。不甲斐ない結果に、私は申し訳ない気持ちで一杯だった。彼らに平謝りをしたのは言うまでもない。悔しさだけが残る大会となった。この結果にどんな意味があるのかまったくわからない。しかし、その答えは、東京へ探しに行くしかないと思っている。私は苦い思い出を残して犬山ハーフマラソンへの挑戦を終えた。

犬山が終わり、いよいよ大一番へ向けて準備を始める。４２・１９５キロという距離は正直まったく想像できない。練習で走った最長距離は二十キロ。しかし、ここで無理をしても仕方ない。犬山で苦い経験をした私は、今度こそ体調管理に充分注意しながら準備を進めた。

本番一週間前、身体は軽く足は快調にピッチを刻むことができた。十キロを気持ちよく走り、本番のペースを身体で確認しながら最終調整を終える。気力も充実し、あとは本番を迎えるだけとなった。

東京マラソン2009

二〇〇九年三月二十一日、大会前日、受付を済ませるために東京入り。姉家族が東京に住んでいるので、そこで宿泊させてもらい本番に備える。思えばマラソンに挑戦し始めたのは約三年前の犬山。走ることができるということに気づいて、その後多くの経験を経て自信を積み上げてきた。明日はそれを一つ一つ噛み締めながら走りたいと思う。想像しただけで涙が出そうだ……。緊張、期待、不安……。様々な想いが入り乱れ、なかなか寝付けなかった。

二〇〇九年三月二十二日、東京マラソン当日、一生で忘れられない日となる。

朝五時に起床し、いつも通り準備を始める。今まで何度もマラソン大会を経験してきたので、大一番を前にしても慌てることなく落ち着いて準備を進めることができた。七時半にスタート地点である新宿へ到着。予想通りすごい人、人、人。三万五千人のランナーが続々と集まり始める。人が多すぎてスタート地点がまったくわからない。まずはマラソンを始めるきっかけとなった宮嶋さんと合流し、ウォーミングアップを始める。彼に道案内をしていただき、スタート地点へ移動。宮嶋さんと何気ない会話を交わしながら、高まる緊張を和らげた。手荷物は主催者側の段取りもよく、スムーズに受け渡しができた。そして宮嶋さんとゴールでの再会を固く誓った。彼と出会えなければ、今日という日を迎えることは絶対になかった。心から感謝の気持ちで一杯である。スタート地点はすごい人で溢れ返っていた。私は何とか自分のブロックに辿り着きスタートを待つ。

九時十分、スタートセレモニーの後、号砲と共に紙ふぶきが空を舞った。しかし、すごい人の数なのでスタートラインへ到着するのに十分ほど要した。スタータースステージには石原都知事がランナーを送り出すように手を振っている。ついにここまできたか……。万感の想いでスタートラインを超える。鳥肌が全身に走った。さあ楽しんで行こう！私は大きく深呼吸し肩の力を抜きながら力強く一歩を踏み出した。長い長いフルマラソンのスタートである。

走り始めて、すぐに群集に囲まれているのに気づく。沿道にはすごい人、人、人。噂では聞いていたが、目の当たりにしてそのすごさに圧倒される。新宿ガード下ものすごい人で溢れていた。道一杯にランナーが広がって新宿の坂を下っていく。身体も呼吸も快調で順調な滑り出し。リズムもよく身体も軽い。

「よしっ、いい感じだ」

靖国通りを順調に下っていく。五キロ地点手前の防衛省前では、自衛隊の盛大なセレモニーを見る余裕もある。快適に五キロ地点を通過。ときどき速いランナーが軽快に抜いていく。しかし十キロの選手と混走しているので、前半のハイペースに巻き込まれないように自分のペースをしっかりキープ。自分のリズムを刻みながら坂を下っていく。

飯田橋を右折し皇居をめざす。皇居が前方に見えてきた。沿道の人はまったく途切れない。桜の花びらが舞い散るなか、内堀通りを日比谷公園へ向かった。もうすぐ十キロ地点というところで、突然叫び声。

「気合だ！　気合だ！　気合だ！」

アニマル浜口さんだった。ビックリしたが気にせず通過。日比谷公園で十キロの選手たちがゴールへ飛び込んで行った。東京タワーを右手に見ながら十五キロ地点をめざす。まだまだ順調にピッチを刻んでいる。疲労感もない。

「手応え充分」

しかし、まだまだ先は長い。焦らず冷静にリズムを保つ。予想以上に気温が高く、こまめに水分補給を行う。予定通りのペースで十五キロ地点を迎える。品川駅前の沿道にも、ものすごい人、人、人……。充実感を味わいながら折り返した。

この辺りから歩き始める人が多く出始めたので、人を避けるのにけっこう体力を使う。何とか順調なリズムを維持しながら再び東京タワー横を通過した。二十キロ地点を通過し日比谷交差点を右折。有楽町ガード下の中間点を通過。

スタートして二時間四十九分八秒が経過。トイレが我慢できなくなり、ここでトイレに駆け込む。銀座交差点を左折し日本橋に向かう辺りで、初めて足が止まる。脚に痙性が入り始めたのだ。無理をすると走れなくなってしまうため、歩きながらできるだけ力を抜き痙性が治まるのを待つ。ある程度治まったのを見計らい再び走り始める。痙性と闘いながら日本橋を過ぎ二十五キロ地点をめざした。

涙の先に……

この大会では、スタートからゴールまでに、何と二十八か所もの場所で、様々なイベントが行われている。しかし、中間地点を過ぎた辺りから、それを見る余裕はなくなってきた。さらに雨と風がひどくなっていく。気温が低くなり、急激に体力が奪われる。足が棒のようになりながらも走り続けた。

二十五キロ地点を通過してからは、一歩毎に痙性がひどくなってくる。歩いて身体の力を抜いても痙性は治まらない。疲労がピークを迎え始めたのだ。油断すると足がつりそうになるため、慎重に足を進めた。

「落ち着け。落ち着け。リラックスだ」

念仏を唱えるように、自分に言い聞かせながら先をめざした。走ったり歩いたりを繰り返しながら浅草雷門をめざす。いちばん厳しい時間帯を迎え始めていた。右半身の痙性がまったく治まらないので、歩くことさえ難しい状態になってきた。そして、何度も何度も気持ちが切れそうになり、弱い自分が囁く。

「ここまで走れただけでも奇跡じゃないか」

しかし、心の叫びが弱い自分を押し戻す。

「冗談じゃない！　ゴールできなければ何の意味もないぞ！」

立ち止まってしまうと、再び歩けなくなるのは充分過ぎるほどわかっていた。そのため、どんなに痙性が強くなっても脚を動かし続けた。

そんなとき、私に絶大な力を与えてくれたのが、沿道で大会を支えてくれているボランティアの方々とのハイタッチだった。何度も切れかける私の気持ちを助けてもらう。ハイタッチをするたびに、「止まる訳にはいかない」という気持ちが込み上げてきて、走る力へと変わっていく。これがなければ間違いなく完走できていないと、私は断言できる。そして、たくさんの地元の方々からの差し入れ。血糖値が下がり始めたときのチョコレートにも何度も助けられた。塩、味噌汁、せんべい、おしるこ、飴……。本当にたくさんの差し入れに感動。さらに感動したのは、何と自前のエアスプレーを沿道で吹きかけてくれていた方がたくさんいたことだ。私は、最初彼らをスタッフだと勘違いしていたのだが、実は一般の方だとわかった途端、感動のあまり涙が込み上げてきた。彼らは抽選にもれたランナーたちで、自分たちの想いを参加ランナーに託しているのだろう。さらに彼らの言葉が、私の魂に届く。

「俺の分も頑張ってください」

この言葉は、理屈を越えて私の胸に突き刺さった。何が何でも先へ行くぞ！

浅草雷門が目に飛び込んできた。歯を食いしばりながら並木通りを折り返す。浅草を後にし、三十キロ地点をめざしていたころから、右足の薬指に痛みが走り始める。しかし、私は気にせず脚を動かし続けた。ゴール後わかったのだが、このときから爪が剥がれ始めていたようだ。私の右足は、痙性が強くなると指を内側に巻き込んでしまう。そのまま走ろうとすると、爪で地面を蹴ることになる。そのため、地面にえぐられるように爪が剥がれたのだと思う。このとき確かに痛みは感じていたのだが、気持ちが集中していたので気にならなかった。激痛に襲われたのは競技後である。

何とか三十キロ地点を通過。スタートから四時間二十分四十四秒が経過。この辺りから、私は制限時間を意識し始める。残り約十キロを時間コントロールしながら進めていく。すでに、私の脚は限界をはるかに超えていた。しかしボランティアの人たちのパワーをもらいながら脚を動かし続ける。再び日本橋まで戻ってきて、銀座四丁目の交差点を左折する。

三十五キロ地点を通過、残り七キロを過ぎた辺りから再び脚が軽快に動き始めた。リズムよくピッチを刻めるようになったのだ。

「行ける！」

佃大橋を軽快に上っていく。限界はとうに過ぎているのに突然脚が軽くなった感覚。沿道のスタッフにも力強く声を掛けられる。

「いいぞ！　そのリズムだ！」

声援に背中を押してもらい順調にピッチを刻む。打ち付ける雨はピークを迎えていた。どしゃ降りのなか、沿道の人たちは傘もささず声援を送ってくれている。その光景には涙が出るほどの衝撃で体中に震えが走った。理屈を越えたパワーを沿道の方々からいただきながら先をめざす。この大会には「東京が一つになる日」というキャッチフレーズがある。それを身体で感じた瞬間だった。あと少しだ！　行くしかない！

四十キロ地点を通過。脚が勝手に前に出る。

ついに……。

ゴールのビッグサイトが視界に飛び込んできた。全身に鳥肌が走る。その瞬間、今までの記憶が走馬灯のように甦って来た。

レースにすべてを注いだ二十代。そして、そのロードレース中の事故で生死をさ迷う。絶望的な状況から奇跡的に歩いて退院。しかしその後、苦悩の日々を送りながらマラソンと出合う。まったく走ることができなかった不可能からの出発。少しずつ可能性を見出してきた日々。そしてついにゴールが目前のところまで……。

涙が自然に溢れ出てきた。

今まで経験したことのない涙……。

悲しい涙や嬉し涙、悔しい涙でもない。

初めて体験する涙がとめどなく流れ出る。

今までのたくさんの思い出を胸に抱きながら、最後の交差点を曲がった。そこには夢に見たゴールが……。私は溢れる涙を流しながら、最後のウイニングロードを駆け抜けた。ゴール横ではブラスバンドの演奏が最後の瞬間を演出してくれる。

感無量のゴール！

ゴールゲートの下で私は天を仰いだ。

六時間二十六分四十秒。

支えてくれたすべての人へ感謝の気持ちを込めて一礼した。あまりの興奮で、夢のなかにいるような感覚。ゴールでは約束通り宮嶋さんと再会し、固い握手を交わす。

「ついにやりましたね！」

「ありがとうございます」

今までずっとお世話になってきた宮嶋さんも感極まっていて、その瞳には涙が浮かんでいた。私は完走メダルを首に掛けてもらい、ゴールに辿り着いたことを実感した。

フルマラソン完走……。

「達成感」という言葉だけではとても表せない。人生観が変わるとよくいわれている。確かに私のなかで何かが変わった。これからの人生で、今日は間違いなく節目の一日になるのだろう。

私は大きく深呼吸しながらお台場の空を見上げた。

完走メダルを首に掛けてもらって、ゴールに辿り着いたことを実感。

おわりに

まず、長々と読んでいただき本当にありがとうございます。

大怪我を負い、生き甲斐を失っていたときに出合ったマラソンは、私に大切なことを気づかせてくれました。

「障害が自分の可能性を絶つわけではない」

どんなことでも、挑戦することで道は拓ける。不可能と思っていたフルマラソン完走への挑戦は、自身の存在を証明すると同時に、生きることの意味を感じさせてくれました。それは、私が障害を持った立場だったからこそ、感じることができたのかもしれません。事実、私の身体は、今もなお進化を続けています。脊髄損傷という常識を超えて「できること」が日々増えているのです。これを可能性と言わずして何と言うのでしょう。確かに、脊髄は一度傷が入ってしまうと蘇生することはないかもしれません。しかし、現実に私の身体は進化し続けています。それは自分の自信に繋がると同時に、人の無限の可能性を立証していると思います。私の役割は、その可能性という大切なものを伝えることだと確信しています。誰しも無限の可能性を持っているということが伝われば幸いです。

確かに私自身、事故を通じて失ったものはたくさんあります。しかし、事故がなければ絶対に見つけられなかったことは、その何倍もあります。それは人との出会いも含めて……。今なら胸を張ってハッキリ言えます。あの事故は必然であり、自分自身を変えるきっかけをくれた大切な経験だったと。

東京マラソン完走後も、私は仲間と共に挑戦を続けています。すべてのきっかけとなった犬山はもちろん、6時間耐久リレーマラソン、諏訪湖さざなみ駅伝、いび川マラソンなど、多くの大会で仲間と感動を共有しています。そして、現在は、溝田御夫妻の計らいで、トップレベルのトレーナーである南川和也氏にランニングフォームの個別指導をしていただいています。

今まで本当にたくさんの方々に支えられ今日に至ります。そしてその方々に少しでも恩返しができるよう、これからも精進していくつもりです。

次なる舞台は大阪マラソン２０１１。一つ一つ階段を上って行きたいと思います。はるかなる目標「サブフォー」に向けての第一歩として。

城之内信吾（じょうのうち　しんご）
一九七〇年名古屋市生まれ。高校時代にオートバイに出合う。大学卒業後、家電量販店に就職するが、レースへの夢を断ち切れず退職してプロのレーサーをめざす。
一九九六年にレース中の事故で脊髄損傷。車椅子生活を宣告されたが、リハビリに励み歩いて退院。
二〇〇六年「犬山ハーフマラソン」に初挑戦。自分の限界を超えていくことができるマラソンに魅せられ、二〇〇九年には「東京マラソン」でフルマラソン完走。

写真協力（157ページ上、187ページ）宮嶋出

七つの奇跡　フルマラソンへの挑戦

２０１１年10月30日　初版第１刷　発行

著　者　城之内信吾
発行者　ゆいぽおと
〒４６１‐０００１
名古屋市東区泉一丁目15‐23
電話　０５２（９５５）８０４６
ファックス　０５２（９５５）８０４７
発売元　ＫＴＣ中央出版
〒１１１‐００５１
東京都台東区蔵前二丁目14‐14
印刷・製本　モリモト印刷株式会社

ISBN978-4-87758-437-5 C0095

ゆいぽおとでは、
ふつうの人が暮らしのなかで、
少し立ち止まって考えてみたくなることを大切にします。
テーマとなるのは、たとえば、いのち、自然、こども、歴史など。
長く読み継いでいってほしいこと、
いま残さなければ時代の谷間に消えていってしまうことを、
本というかたちをとおして読者に伝えていきます。